Le juge Ti et le poète révolutionnaire

Du même auteur,
chez le même éditeur

Mort d'une héroïne rouge, 2001

Visa pour Shanghai, 2002

Encres de Chine, 2004

Le Très Corruptible Mandarin, 2006

De soie et de sang, 2007

La Danseuse de Mao, 2008

Cité de la Poussière Rouge, 2008
(« Piccolo » inédit n° 69)

Les Courants fourbes du lac Tai, 2010

La Bonne Fortune de monsieur Ma, 2011
(« Piccolo » inédit n° 78)

Cyber China, 2012

Des Nouvelles de la Poussière Rouge, 2013
(« Piccolo » inédit n° 95)

Dragon bleu, tigre blanc, 2014

Il était une fois l'inspecteur Chen, 2016

Chine, retiens ton souffle, 2018

Une enquête du vénérable Juge Ti, 2020
(« Piccolo » inédit n° 162)

Un dîner chez Min, 2021

Amour, meurtre et pandémie, 2023

Qiu Xiaolong

Le juge Ti et le poète révolutionnaire

Traduit de l'anglais (États-Unis) par Adélaïde Pralon

LIANA LEVI piccolo

Titre original : *The Conspiracies of the Empire*

ISBN : 979-10-349-0998-8

www.lianalevi.fr

La mission de l'impératrice

Frontières

Lointaine, la guerre rugit au nord,
âpre et amère la bataille
fait rage au sud de la ville,
les drapeaux claquent,
déploient leurs ailes splendides,
les armures brillent au soleil
comme des écailles d'argent,
l'eau glacée aiguillonne
les coursiers et le triste vent d'automne
inquiète les hommes engagés dans la lutte,
nos généraux et nos soldats, chauffés
par l'astre brûlant de leur cœur, marchent,
marchent jusqu'aux frontières ensablées,
à des milliers et des milliers de lis[1].

Yang Jiong

Le juge Ti se réveilla en sursaut. Les scènes de son cauchemar se dispersaient déjà comme des bataillons en détresse, se heurtant les uns aux autres, tandis que la nuit battait rapidement en retraite. Désorienté, il se

1. Unité de mesure ancienne, correspondant à environ 80 km.

frotta les yeux et s'enveloppa dans son peignoir de soie trempé d'une sueur poisseuse et froide.

Sur la table de nuit en acajou, la bougie s'était consumée, répandant des gouttes de cire sur le bois et diffusant dans la pièce une vague odeur de brûlé. Les premières lueurs de l'aube se faufilaient maladroitement à travers les fenêtres en papier de bambou.

Un fragment du rêve refusait de se dissiper : une tête de renard roux sur un corps de serpent blanc au ventre rond et voluptueux, un ventre qui se tordait, se tortillait, s'enroulait autour d'un dragon en bois doré, pilier du palais impérial, pareil à une danseuse sensuelle à la cour du grand empire Tang. Le dragon prêt à prendre son envol reflétait l'éclat splendide du trône en or massif.

Un coq se mit soudain à chanter au loin. Puis des coups retentirent à la porte de la chambre.

« Une minute. Je m'habille. » Le juge Ti retira son peignoir trempé pour enfiler une robe propre.

Yang, son fidèle serviteur, poussa la porte et entra dans la pièce, le visage marqué par l'inquiétude.

« Je vous ai entendu crier, maître.

– Ce n'était qu'un cauchemar.

– Un cauchemar le jour où vous quittez la capitale pour enquêter sur une affaire de disparition ? C'est sûrement un mauvais présage, mon maître. »

Originaire d'un village reculé du Shandong, Yang était toujours plein de superstitions et de croyances mystiques, malgré les années passées en compagnie du pragmatique magistrat.

« Ne t'inquiète pas, Yang. Et je te rappelle que Confucius nous défend de croire aux superstitions et au surnaturel.

– Ça n'est pas à vous d'aller fouiller le pays à la recherche d'un vulgaire citoyen comme Luo Binwang, poursuivit Yang en se renfrognant davantage. Je ne sais quelle mouche a piqué Sa Majesté.

– Luo Binwang n'est pas un vulgaire citoyen. Il a écrit le célèbre *Appel aux armes.* Un texte lyrique et enflammé, un véritable chef-d'œuvre de la littérature ! On dit que l'impératrice a défailli en le lisant. Elle m'a même reproché de ne pas lui avoir présenté un artiste aussi doué.

– C'est étonnant qu'un simple texte ait eu un tel effet sur elle.

– Elle est tellement avide de s'entourer de gens talentueux. Ça n'a rien d'étonnant. » Et pour couper court à cette conversation, le juge Ti changea brusquement de sujet. « Entre nous, la mission qui nous attend ne s'annonce pas facile.

– Pourquoi ça ?

– Simple intuition. Je ne peux pas vraiment l'expliquer pour l'instant. »

*

De nouveau seul dans sa chambre, le juge Ti se surprit à scruter le mur nu qui s'effritait. Il n'y voyait à présent plus aucune trace de l'horrible monstre à tête de renard et corps de serpent qui s'enroulait autour du lourd pilier du palais. Il ne croyait pas à la symbolique des rêves. Les interprétations étaient bien souvent trop fantasques pour être crédibles. L'image emplissait cependant son cœur d'une angoisse et d'une agitation inhabituelles. Sans doute à cause de l'affaire que l'impératrice Wu lui avait confiée la veille.

« Retrouvez Luo Binwang pour moi, avait-elle ordonné depuis son trône resplendissant. Quel homme de talent ! » Elle avait accordé à son cher ministre la faveur extraordinaire, due notamment à son âge avancé, de s'asseoir sur un tabouret à ses pieds. « S'il est encore en vie, ramenez-le-moi et s'il est mort, ramenez-moi son corps. Je vous rappelle que vous n'avez pas eu la présence d'esprit de me le présenter.

– Très bien, Votre Majesté, je suis prêt à endosser cette mission », avait répondu le juge Ti en se levant prestement. Tout le monde savait que l'impératrice ne portait pas Luo dans son cœur ; elle l'avait même autrefois jeté en prison, mais le juge savait aussi qu'il était inutile de discuter avec la souveraine.

« Laissez-moi vous rappeler quel effet m'a fait son *Appel aux armes* la première fois que je l'ai lu. J'étais souffrante alors et au milieu de ma lecture, j'ai commencé à avoir des sueurs froides. Eh bien, croyez-le ou non, cette réaction a immédiatement dissipé ma migraine. C'est pourquoi je vous demande de le faire sortir de sa cachette. Vous êtes le seul à qui je puisse confier cette mission. Vous ne pouvez pas me refuser ça, mon infaillible juge Ti.

– Je suis vieux et affaibli. Je ne suis plus aussi infaillible qu'avant. Vous ne le savez que trop bien, Votre Majesté. »

Sans laisser à son interlocuteur le temps de poursuivre, elle avait alors brandi un minuscule parchemin. « Et quelle merveille que son *Ode à la cigale en prison* ! Un poème écrit bien avant qu'il rejoigne la rébellion. Vous l'avez forcément lu. »

Le juge s'était emparé du parchemin, l'avait déplié et commencé à le lire :

À l'automne tu te mets à chanter
pour un captif aux pensées lourdes.
Quelle souffrance de t'entendre frotter
tes ailes noires dans cette complainte
au prisonnier grisonnant que je suis devenu.
Les gouttes de rosée tombent en cette morne saison,
si lourdes qu'elles t'empêchent de voler.
Le vent froid engloutit ta mélopée.
Qui osera croire à ta noblesse
et à ta pureté ? Qui dénoncera
les cruelles injustices infligées
à un homme innocent ?

« J'ai honte d'avouer que je n'en avais pas connaissance, Votre Majesté. Sinon, j'aurais peut-être pris l'initiative d'aller m'entretenir avec son auteur. À propos des injustices dont il se plaint dans ce poème.

– Il est évident qu'il nourrissait de la rancune envers moi, avait repris l'impératrice en secouant sa tête coiffée d'une lourde couronne en or. J'ai manqué de vigilance.

Non, c'est ma faute. Je suis trop vieux, toujours accablé de travail. Il est grand temps que je renonce à certaines charges. Et l'affaire que vous me confiez me paraît délicate. »

En effet, l'affaire était complexe et les faits encore plus imbriqués. Comme disait le proverbe, cette histoire – comme toute celle de l'empire Tang – n'était qu'une longue chaîne de causalité où le yin et le yang semblaient s'être égarés.

Après la mort de l'empereur Gaozong, de la dynastie Li, l'impératrice Wu était montée sur le trône. Pour certains lettrés et fonctionnaires conservateurs, cette prise de pouvoir était inadmissible, bien que dès le début de son règne l'empire connût une prospérité sans précédent. On disait qu'afin d'écarter tout obstacle lui permettant d'accéder au titre suprême, elle avait piégé l'ancienne impératrice Wang en l'accusant d'avoir assassiné sa fille au berceau et envoyé les princes héritiers en exil sous de faux prétextes afin de renforcer son pouvoir. Dotée d'une réputation plus que douteuse, elle appliquait une politique autoritaire très controversée.

Tous ces événements avaient provoqué la révolte menée par le général Xu. Luo Binwang avait alors écrit son *Appel aux armes* afin d'encourager la population à prendre part à l'insurrection. Ce texte avait eu une énorme influence sur l'opinion publique. En une semaine, plus de dix mille hommes avaient rejoint les rangs des rebelles, déterminés à défendre les droits de la dynastie Li.

Le juge Ti n'était pas étonné que la souveraine lui reprochât de ne pas lui avoir présenté le poète. Elle pouvait tout se permettre. Et malgré les nombreux défauts qu'on lui prêtait, elle était connue pour toujours vouloir s'entourer de conseillers et d'intellectuels de talent. Elle témoignait un respect sincère aux fonctionnaires dévoués et intègres, même à ceux qui osaient émettre des réserves vis-à-vis de sa politique.

Tel était le cas du juge Ti. Une fois, se souvenait-il, alors qu'elle folâtrait, disait-on, avec un serviteur dans le lit de la chambre impériale, elle avait été informée que le juge venait lui adresser un rapport urgent sur la stabilité l'empire et elle était alors sortie pieds nus, le visage en feu et les cheveux en bataille, pour aller s'entretenir longuement avec lui.

Dans la pratique, la position de Ti s'apparentait plus à celle d'un ministre haut placé qu'à celle d'un juge. Mais il avait résolu plusieurs affaires politiquement sensibles auxquelles personne n'avait osé s'attaquer, et avait acquis le surnom de « juge Ti », bien qu'il n'y eût pas de système judiciaire indépendant et donc pas de « corps judiciaire » à proprement parler. Lui-même ne s'était jamais opposé à ce titre qui le maintenait à une certaine distance de la sphère politique. En cette période d'âpres luttes de pouvoir à la cour, la fonction avait une connotation acceptable, tant pour le clan des Wu que pour la faction des Li qui occupait encore le sommet de la hiérarchie sociale. Elle lui convenait donc très bien.

Les mains enroulées autour d'une tasse de thé Puits du Dragon, le juge Ti songeait à tous ces événements tout en regardant les rayons du matin transpercer le papier huilé de la fenêtre. Puis il ajusta son bonnet de fonctionnaire devant un vieux miroir de bronze et se prépara à partir.

*

Bien qu'il ait écrit cette fameuse rhapsodie révolutionnaire, Luo Binwang n'était pas un poète politique. Avait-il été un fonctionnaire zélé à la cour des Li ? Le juge Ti n'en était pas certain. En tout cas, il n'avait pas eu une brillante carrière. Il avait passé quelque temps en prison, vraisemblablement à cause d'une remarque déplacée prononcée en public à propos de Wu, l'usurpatrice. Puis il avait eu la mauvaise idée de rejoindre la révolte qui s'était soldée par un échec. Après plusieurs victoires, les rebelles enhardis avaient sous-estimé leurs adversaires et essuyé une défaite cuisante sur les berges de la rivière Wuding. Depuis, le poète ne représentait plus une menace pour la souveraine. D'autant que le chef de file des frondeurs, le général Xu, avait été tué au cours de la bataille. Le juge Ti ne comprenait donc pas pourquoi cette enquête était si urgente. Mais il n'était pas en mesure de dire non à l'impératrice. Ni d'exiger des explications.

Il ne lui restait plus qu'à trouver Luo, par n'importe quel moyen, ou à défaut, son cadavre. Officiellement, l'homme était porté disparu. Malgré les recherches, son corps n'avait pas été retrouvé sur le champ de bataille. Certains affirmaient qu'il était mort au combat et qu'il avait été piétiné dans la mêlée, ce qui expliquait qu'on n'ait pas pu l'identifier. Le juge Ti était persuadé que cette mission avait surtout des visées politiques. Encore une fois, l'impératrice voulait montrer qu'elle œuvrait au rayonnement du grand empire Tang en faisant passer le talent avant les opinions politiques. Réussirait-elle à faire croire à la population qu'elle était prête à pardonner le brillant poète pour ses erreurs passées et à lui donner une place à la cour ? En envoyant son fidèle ministre sur sa piste, c'était probablement le message qu'elle voulait faire passer.

Mais où le juge Ti trouverait-il les indices lui permettant de retrouver sa trace ?

Les parents de Luo étaient morts et aucun membre de sa famille éloignée n'avait été en mesure de fournir la moindre information sur lui. Rien d'étonnant à cela. Depuis quelques années, la plupart des gens évitaient ce dissident comme la peste.

Première hypothèse : Luo avait été tué au cours de la révolte manquée.

Seconde hypothèse : Dans le désordre de la bataille, il avait pris la fuite et s'était caché quelque part, comme dans le vieux proverbe du lapin rusé qui se garde trois terriers pour lui tout seul. C'était une possibilité que le juge Ti ne pouvait écarter d'emblée. Il devait creuser cette piste. Mais la tâche s'annonçait difficile. Tout en ayant entendu parler du célèbre poète, il ne l'avait jamais rencontré et n'avait jamais eu le loisir de lire ses écrits. Il était toujours tellement pris par son travail. Il avait promis à l'impératrice de se mettre en route le lendemain, mais pour l'instant, il ne savait pas vers où se diriger une fois qu'il aurait quitté la capitale de Chang'an.

Un loyal serviteur

Le dur voyage

Dans notre vie nos désirs et nos gloires
tout est soumis au temps qui se déroule.
Passés en un éclair en cet instant
se reposer sur eux est impossible.
Quelqu'un peut-il arrêter le soleil
quand il passe au-dessus des Monts de l'Ouest ?
Quelqu'un peut-il arrêter le courant
quand il s'écoule vers les mers de l'Est ?

Lu Zhaolin

« Ce matin, commença le juge Ti en se tournant vers son fidèle serviteur, inutile de rester avec moi. J'ai prévu d'avoir une longue discussion avec l'académicien Jiong Yang. Mais j'ai quelques services à te demander. Pour commencer, essaie donc de me trouver une copie des poèmes de Luo Binwang.

– Je veux bien vous laisser, maître, tant que vous me promettez d'être prudent. »

Les gens achetaient et vendaient des poésies principalement sur les marchés des temples. Cependant, Yang avait déjà suivi son maître jusqu'à une librairie, au centre de la capitale. La boutique se trouvait à une certaine distance de là ; il avait intérêt à se dépêcher.

« Ensuite, cet après-midi, il faudrait que tu organises pour moi un repas dans le salon privé d'un restaurant, poursuivit le juge Ti. Dans l'intimité la plus totale. Convoque là-bas Ning, la femme de chambre de l'ancienne impératrice Wang. Assure-toi que personne ne sache rien de ce rendez-vous. Ne révèle ni ton nom ni le mien. »

Alors que Yang s'éloignait à pas pressés, son maître tourna les yeux vers la fenêtre et, pensif, aperçut une grande feuille tomber en tourbillonnant dans la cour.

Il devinait pourquoi Yang rechignait à mener avec lui cette enquête. Dans sa jeunesse, l'actuelle impératrice Wu avait officié au palais en tant que « jeune femme de talent », au service du deuxième empereur Tang, Taizong. La tradition voulait qu'à la mort de l'empereur, toutes les courtisanes mènent des vies recluses. Une fois que le souverain avait posé la main sur elles, elles ne pouvaient être touchées par aucun homme et dès que leur seigneur disparaissait, elles devaient se retirer du monde. Un certain nombre d'entre elles, dont Wu, étaient envoyées au monastère. Mais le nouvel empereur, Gaozong, fils de l'empereur décédé, était tombé fou amoureux de Wu et, après l'avoir retrouvée plusieurs fois en secret au monastère où elle était enfermée, il l'avait libérée de sa retraite forcée. De fil en aiguille, « la jeune femme de talent » était devenue « concubine impériale », nomination scandaleuse, intolérable aux yeux des fonctionnaires confucianistes conservateurs. Et à la mort de Gaozong, quand elle avait été sacrée impératrice, ses détracteurs avaient dû ravaler leur colère et la regarder s'asseoir sur le trône pour devenir la souveraine absolue de toute la nation chinoise. Récemment, elle avait voulu rebaptiser l'empire Tang en empire Zhou et déplacer la capitale de Chang'an à Luoyang. Ces changements étaient évidemment inacceptables aux yeux de ceux qui avaient juré fidélité à l'empire Tang et à la dynastie Li. C'était ainsi que plusieurs révoltes, comme celle du général Xu, avaient éclaté, sans succès.

Le juge Ti avait beau se considérer comme un confucianiste convaincu, il était avant tout un fonctionnaire loyal au service de l'impératrice.

*

Il ne fallut finalement pas très longtemps à Yang pour atteindre le centre-ville où, à son grand désarroi, il ne trouva pas le moindre recueil du fameux poète. La plupart des librairies dont il poussa la porte ne proposaient que des classiques de Confucius comme *Le Livre des rites*, *Le Livre des vers* et *Le Livre des mutations*.

Après plusieurs tentatives infructueuses, dans le coin poussiéreux d'une boutique de taille moyenne, il repéra enfin un rayon d'ouvrages rares calligraphiés à la main par leurs auteurs. Ces manuscrits étaient noyés sous un fouillis de rouleaux de soie décorés de poèmes et de peintures.

D'après le propriétaire, qui se présenta comme Gros Bao, certains poètes et écrivains locaux lui confiaient parfois quelques pages à vendre. Il s'agissait la plupart du temps de parchemins de soie destinés à décorer les murs des salons. Gros Bao ne possédait rien qui ressemblât à une compilation ou à un recueil de poésies édité.

« Les impressions xylographiques coûtent très cher. Les recueils de poèmes sont généralement imprimés en très peu d'exemplaires. Et les clients ordinaires n'ont pas les moyens de s'offrir ce genre de livres.

– Vous n'auriez pas des poèmes de Luo Binwang, par hasard ? demanda Yang sans détour. Des pièces uniques, écrites de sa main ou non. Sur des rouleaux, par exemple ?

– Luo Binwang ? Oh non. J'avais quelques poèmes de lui dans le temps. Mais d'un coup, ils sont devenus très recherchés par les collectionneurs. J'ai tout vendu en très peu de temps. »

D'après ce que le juge Ti lui avait raconté, Yang n'était pas étonné par l'engouement soudain du public pour le poète révolutionnaire. Cette histoire lui rappelait une précédente enquête de son maître à propos d'une célèbre poétesse[1]. Il avait appris que les écrits pouvaient jouer un rôle crucial dans la résolution d'une affaire et se dit qu'il devait récupérer ces poèmes coûte que coûte.

Tournant les yeux vers un long parchemin de soie au prix exorbitant, il se demanda si les manuscrits de Luo s'étaient vendus aussi vite que le libraire le prétendait. Gros Bao les gardait peut-être secrètement en réserve afin d'en tirer un maximum de bénéfices.

« Vous savez qui m'a envoyé ici, Gros Bao ?

– Non, je n'en ai pas la moindre idée.

– Le juge Ti en personne.

– Oh ! Sa Seigneurie se souvient de moi ? Je dois être encore plus gros que je ne le croyais.

– L'impératrice vient de lui confier une affaire très délicate. Elle l'a chargé de retrouver Luo Binwang qui

1. Cf. *Une enquête du vénérable juge Ti* de Qiu Xiaolong, trad. Adélaïde Pralon, Liana Levi, 2020.

a été porté disparu. Monsieur, si je ne lui rapporte rien, mon maître sera obligé de dire à la police secrète que vous avez possédé plusieurs poèmes de lui dans votre boutique et je soupçonne que leurs agents seront prêts à remuer ciel et terre pour trouver le moindre petit indice. Je vous laisse imaginer les dégâts.

– Attendez. Vous auriez dû me dire tout de suite que votre demande était liée à une enquête du vénérable juge Ti. »

Le libraire tourna les talons et grimpa au grenier d'où il revint tout échevelé avec, sous le bras, un rouleau de soie portant la signature de Luo Binwang : un poème composé au moment de se séparer d'un ami. En bas à gauche du parchemin, en caractères plus petits, on pouvait lire : *Recopié pour Yu.*

Yang n'était pas à même de juger de la valeur d'un poème, mais le rouleau affichait un prix démesuré. Le commerçant avait dû profiter des circonstances pour le réévaluer.

« Pour le juge Ti, c'est gratuit », s'empressa-t-il de préciser avec un sourire obséquieux tout en couvrant maladroitement le prix de la main.

C'était un geste avisé. En plus d'être un magistrat réputé, le juge Ti était une figure importante de la cour impériale, un homme qui, en cette période de troubles, avait su gagner et garder la confiance de l'impératrice.

En sortant de la boutique, Yang cala le rouleau sous son bras en songeant que cette trouvaille allait pouvoir l'aider dans son enquête. Elle lui donnerait une preuve tangible ou du moins, un prétexte assez convaincant pour glaner des renseignements. En se faisant passer pour un amateur de poésie, il serait moins suspect aux yeux de la population.

En effet, les gens craignaient de parler de l'écrivain déchu. Tous ceux que Yang abordait réagissaient comme des corbeaux tremblants dans le vent glacé et leurs langues se figeaient. Le juge Ti lui avait raconté les horreurs décrites dans la « littérature de prison ». Les citoyens savaient que la moindre allusion à Luo pouvait leur attirer de sérieux ennuis. Les agents de la police secrète viendraient toquer à leur porte, de jour comme de nuit, pareils à une horde de piverts infatigables.

*

Le juge Ti s'était fait porter dans un palanquin de bambou vermillon jusqu'au domicile de Yang Jiong.

Parmi les « Quatre Parangons » du début de la dynastie Tang – Wang Bo, Luo Binwang, Yang Jiong et Lu Zhaolin – Jiong avait plusieurs points communs avec Luo. Tout d'abord, les aspirations des deux hommes dépassaient le domaine de la poésie. Ils considéraient même que les poètes ne servaient à rien en ces temps incertains. C'était dans cet état d'esprit que Jiong avait écrit un célèbre couplet : *« Oh ! Que ne suis-je un obscur soldat qui se bat à la guerre / plutôt qu'un lettré inutile qui écrit des vers. »* Quant à Luo, le fait qu'il ait rejoint la rébellion en disait long sur ses convictions.

Jiong sortit précipitamment de chez lui pour accueillir son visiteur distingué. Il s'inclina longuement devant lui, puis le conduisit respectueusement dans son bureau. Les murs de la pièce étaient couverts d'étagères en bois de santal chargées de livres et de vitrines en bois aux gravures sophistiquées. Jiong servit à son hôte une tasse de thé Grande robe rouge.

« Excusez-moi pour cette visite inopinée, Jiong, commença le juge Ti. Vous êtes un des lettrés les plus éminents de l'Académie impériale. J'imagine que vous êtes très occupé. »

Jiong avait brillamment passé le concours général de la capitale avant d'entrer à l'Académie impériale. Sa position de lettré lui conférait un certain prestige, mais peu de pouvoir. Après ses études, un fonctionnaire de l'empire pouvait cependant prétendre à de hauts postes dans la sphère politique.

« Votre Honneur, vous et moi sommes des serviteurs de Sa Majesté, et j'ai aussi conscience de la charge de travail qui pèse sur vous, au poste élevé que vous occupez. Drôle de coïncidence, je viens justement d'entendre parler de l'affaire que Sa Majesté vous a confiée. À vrai dire, j'attendais votre visite. Vous voulez me parler de Luo Binwang, n'est-ce pas ?

– Vous avez bien deviné. Je ne sais par où commencer mon enquête. Tout ce que vous pourrez me dire me sera d'une grande aide.

– Eh bien, il est vrai que Luo et moi avons eu quelques conversations ici et là ; nous avons aussi échangé certains de nos poèmes, sans doute parce que nous avions des sensibilités assez proches. Pour tout vous dire, nous étions liés par le même désir d'agir autrement qu'en rédigeant de futiles vers sentimentaux.

– À ce propos, j'aime beaucoup votre poème exalté intitulé *Le chant de l'armée.* C'est, à mes yeux, un de vos chefs-d'œuvre. » Le juge Ti se leva et commença à réciter les vers sous les yeux fixes d'un soldat de terre cuite, parfaitement lisse et immobile, qui se dressait sur une étagère.

« Les feux de guerre ont embrasé la capitale de l'Ouest,
nos cœurs indignés se soulèvent.
Le général fait ses adieux au palais
et emporte avec lui les ordres de l'empereur,
les soldats luttent contre l'ennemi
qui s'acharne à encercler la ville.
La lourde neige voile les étendards,
les tambours mêlent leurs voix à celle du vent hurlant.
Oh ! Que ne suis-je un obscur soldat qui se bat à la guerre
plutôt qu'un lettré inutile qui écrit des vers ?

– Vous connaissez ce poème par cœur, Votre Honneur ! J'en suis flatté.

– Vous avez toute mon admiration. Je me récite souvent le dernier couplet. En cette période tumultueuse, vous nous donnez de l'inspiration tout en nous poussant à nous remettre en question.

– Luo a écrit plusieurs poèmes dans la même veine. Lui et moi sommes souvent qualifiés de "poètes des frontières" parce que nous nous intéressons aux batailles et au quotidien des armées envoyées aux confins de nos territoires. Les siens sont un peu différents, plus sombres, plus réalistes. C'est compréhensible. Il a connu beaucoup de hauts et de bas dans sa carrière. On dit qu'il a prononcé des remarques provocatrices qui ont froissé l'impératrice. Et qu'il a ensuite passé un certain temps en prison.

– J'ai entendu parler de ses tribulations, mais je n'en connais pas les détails.

– C'est un poète anticonformiste. Cela explique en partie sa mauvaise fortune. Nous bavardions de temps en temps, mais ça ne veut pas dire que nous partagions les mêmes convictions. D'ailleurs, il ne m'a jamais parlé du général Xu ni de la révolte qui se préparait. Et il ne m'a rien dit non plus à propos de la rédaction de son manifeste, le célèbre *Appel aux armes*. Pas un mot. Au fond, nous n'étions pas si proches.

– Je vois. »

Jiong s'efforçait manifestement de prendre ses distances par rapport à l'ennemi de la souveraine. Bon nombre de lettrés redoutaient d'être un jour condamnés à produire de la « littérature de prison ».

« On ne peut pas reprocher à des poètes de se retrouver et d'échanger des idées en buvant du vin, reprit le juge Ti. Rien ne vous obligeait à parler politique.

– Je suis heureux de vous l'entendre dire, Votre Honneur.

– Je sais que Luo a écrit un poème intitulé *Ode à la cigale en prison*. L'a-t-il rédigé après sa querelle avec l'impératrice ?

– Oh oui, ce texte est une merveille. Le parallèle entre l'homme et la cigale y est parfaitement maîtrisé. En revanche, je ne saurais vous dire exactement quand il a écrit ces vers. »

Leur discussion fut interrompue par un serviteur qui entrait, chargé de plats froids – tranches d'œufs de cent ans au gingembre, racines de lotus farcies à la sauce soja, luisantes de miel. Il leur apporta ensuite une carafe de porcelaine blanche remplie de vin de riz de Shaoxing.

« Encore une question. Savez-vous si Luo était proche de certaines personnes auprès desquelles je pourrais m'enquérir ?

– Je n'en sais rien, répondit Jiong après un bref silence. En y réfléchissant bien, ajouta-t-il, les sourcils froncés, il y a une petite pêcheuse de la rivière Shu qu'il aimait bien. Il a passé quelques jours sur son bateau, il me semble. J'ai entendu dire qu'il a même écrit un poème d'amour pour elle, et ce, malgré leur différence d'âge.

– Vraiment ? Je n'ai jamais entendu parler de cette histoire.

– Je devrais pouvoir vous trouver ce poème, enfin, si ça vous intéresse.

– Ce serait merveilleux. Pouvez-vous m'en dire un peu plus sur cette jeune femme ?

– Je crois qu'il l'a rencontrée avant son séjour en prison. À l'époque, il avait déjà une petite cinquantaine d'années, mais il était resté célibataire. Comme beaucoup de poètes romantiques, il avait eu des liaisons avec des femmes, parfois de milieux peu recommandables…

– Notamment cette petite pêcheuse ?

– Elle n'est pas de ce milieu à proprement parler, mais plusieurs rumeurs courent sur ses mœurs et la façon dont elle gagne sa vie.

– Intéressant. Vous voulez dire qu'elle ne fait pas que pêcher et vendre des poissons… ?

– En effet, je crois qu'elle fait bien plus que ça, confirma Jiong d'un air malicieux en fourrant une tranche d'œuf dans sa bouche avant d'avaler une gorgée de vin de riz ambré. Elle possède un sampan sur lequel elle prépare des "dîners sur l'eau" pour ses clients. Tous les plats sont cuisinés à partir de ses prises du jour, donc d'une fraîcheur absolue. De nombreux gourmets se pressent à sa porte.

– Vous me donnez l'eau à la bouche. Et si elle n'a rien pêché, comment fait-elle ?

– On dit que c'est aussi une nageuse extraordinaire, qu'elle glisse sur l'eau comme un poisson volant et plonge comme une sirène. Elle est ainsi capable d'attraper du poisson à mains nues en quelques minutes. Ses recettes sont appétissantes, bien sûr, mais la jeune femme l'est encore plus. Certains gourmets renommés racontent que lorsqu'elle jaillit des flots, secoue les perles d'eau de son corps gracile et de sa longue chevelure d'ébène, pose ses pieds nus sur le pont, laissant son *dudou*[1] collé à sa peau révéler les tendres courbes de sa jeunesse, il est impossible de résister à la tentation.

– Comme dit Confucius, c'est dans la nature de l'homme de rechercher les délices de la nourriture et des femmes, répondit le juge Ti dans un gloussement. Auriez-vous d'autres détails à me donner à propos de ces dîners sur l'eau ?

– Eh bien, après le dîner, en tête-à-tête, bien sûr, c'est elle qui décide de garder ou non le client avec elle pour la nuit. Et d'après ce que m'ont dit certains amis qui sont allés sur son sampan, elle n'accorde pas cette faveur à tous.

– Mais l'a-t-elle accordée à Luo ?

– Visiblement. Et pas seulement pour une nuit, pour plusieurs. Sans parler des trois repas par jour qu'elle lui a préparés gracieusement pendant toute la durée de son séjour.

– Voilà qui est étonnant. Pourtant, Luo n'a pas la réputation d'être riche.

– La pêcheuse ne jette pas forcément son dévolu sur ceux qui ont la bourse pleine.

– De plus en plus intéressant, répéta le juge Ti. J'ai appris beaucoup de choses grâce à vous, aujourd'hui, Jiong, mais je vais malheureusement devoir vous

1. Vêtement traditionnel ne couvrant que la poitrine.

quitter, j'ai un autre rendez-vous. Sa Majesté veut que je quitte la capitale dès demain.

– Je sais que vous avez beaucoup à faire, Votre Honneur. Je vais tâcher de retrouver ce poème rapidement pour vous le faire parvenir avant votre départ. »

La servante de l'impératrice Wang

La femme aux cheveux blancs du palais de Shangyang

Dans le palais déserté,
les fleurs à peine écloses flamboient :
solitaire splendeur écarlate.
Les dames du palais aux chevelures blanchies,
depuis longtemps abandonnées,
parlent encore avec langueur
de l'empereur disparu.

Yuan Zhen

Dès que Yang retrouva son maître, il lui tendit le rouleau de soie que lui avait donné le libraire. Le juge Ti le déplia, lut rapidement le poème intitulé « Adieu à un ami » et dit en soupirant :

« Tu as bien travaillé. Je ne sais pas si ce manuscrit nous sera d'une grande utilité, mais je le relirai tranquillement plus tard. Et au moins, j'ai grâce à toi une trace de l'écriture de Luo. »

Yang conduisit ensuite son maître au restaurant choisi loin du centre de la capitale pour le rendez-vous secret qu'il avait été chargé d'organiser.

Comme toujours, il se faisait du souci, sans doute un peu trop, même. Depuis le jour où il était devenu son serviteur, assistant et garde du corps autoproclamé, il n'avait cessé de s'inquiéter pour lui. Il avait ainsi mis tout en œuvre pour que personne n'apprenne que le magistrat allait rencontrer Ning, l'ancienne femme de chambre de l'impératrice Wang, et que la servante n'ait aucune idée de l'identité de celui qui l'avait convoquée.

Depuis le salon privé du restaurant, le juge Ti vit son invitée entrer d'un pas hésitant. Un voile noir lui couvrait le visage. Yang portait un voile similaire. Dans l'empire Tang, sous le règne de l'impératrice Wu, de nombreux Arabes voyageaient jusqu'à Chang'an. Les visages voilés n'avaient donc rien d'inhabituel ni de suspect.

Ning souffrait d'une maladie qui l'empêchait de résider au palais. Décharnée, elle n'était plus que l'ombre d'elle-même, un spectre, alors qu'elle n'avait pas encore quarante ans. Quand elle leva son voile, le juge Ti vit que ses cheveux emmêlés étaient striés de mèches blanches et qu'il lui manquait deux dents de devant, sans doute à cause d'une mauvaise chute ou d'un violent châtiment. Elle avait le regard vide, lointain. Aux yeux du monde, les dames du palais comme elle – touchées ou potentiellement touchées par l'empereur – avaient été baptisées par la pluie et la rosée du dragon divin. Elles n'étaient donc plus accessibles au commun des mortels. Leur contact était même considéré comme la pire des profanations.

D'après un secret mal gardé de la cour, toute femme de chambre de l'impératrice Wang avait de grandes chances d'entrer un jour ou l'autre dans la chambre de l'empereur. Son rôle de servante soumise pouvait l'amener à prendre part aux ébats du couple impérial, acceptant d'être un jouet entre leurs deux corps nus. Ning avait certainement aussi été plongée dans l'intimité des souverains célestes. À cause de sa maladie, elle avait dû recevoir l'autorisation exceptionnelle de quitter la cour, sachant qu'elle n'avait jamais été à proprement parler une « dame du palais ».

Pour l'heure, une des priorités du juge Ti était de vérifier certains faits évoqués dans *L'Appel aux armes*. Il espérait que la servante pourrait les confirmer et lui fournir d'autres indices pour son enquête. Mais il devait garder leur entrevue secrète. C'était un pari risqué, une initiative qui ne plairait certainement pas à l'impératrice. Le juge avait entendu les bruits qui couraient sur les mœurs débridées de l'ancienne concubine Wu, un des principaux travers dénoncés avec virulence dans le texte de Luo. Si elle apprenait qu'il évoquait ces calomnies avec la servante de son ancienne rivale, son châtiment serait terrible.

Ti se leva afin d'aider Ning à s'asseoir à la table sur laquelle avaient été déposés de petits plats froids : du porc cuit à la vapeur, de la tête de poisson fumée, de l'agneau en gelée et des crevettes bouillies.

« Attends-nous dehors, Yang, nous t'appellerons si nous avons besoin de toi.

– Bien, maître.

– Ning, je sais qui vous êtes et je sais que vous avez vécu de terribles épreuves. C'est injuste. Ne vous inquiétez pas de mon invitation. Le sort s'est suffisamment acharné contre vous. Je n'ai nullement l'intention de vous faire souffrir davantage. Au contraire, je vais tâcher de vous porter secours. Je n'ai qu'un maigre repas à vous offrir, mais vous imaginez bien que nous ne pouvons pas rester ici très longtemps. Je vous en prie, dites-moi ce qui est vraiment arrivé à l'ancienne impératrice Wang. Soyez aussi précise que possible. »

Le regard vague, Ning resta immobile à cligner des yeux pendant de longues minutes. Elle ne semblait pas comprendre ce qu'elle faisait là, ni comment elle s'était retrouvée en face du ministre. Soudain, elle se lança dans un récit haché et incohérent, entrecoupé de violentes quintes de toux, de hoquets, de sanglots et de gémissements. Par moments, la raison semblait l'abandonner. Elle se figeait brusquement, comme dans un état de transe et restait muette un instant.

Le juge Ti ne put s'empêcher de penser au poème de Du Qiu, concubine impériale : *Ne va pas vénérer la robe de fil d'or, / Mais vénère plutôt le temps de ta jeunesse ! / La fleur s'épanouit, cueille-la sans remords ! / N'attends pour la cueillir qu'un brin elle te laisse !*

Comme celle de beaucoup de femmes, l'histoire de Ning était cruelle, mais les bribes évanescentes de sa vie passée auprès de l'ancienne impératrice avaient eu suffisamment de sens à ses yeux pour lui permettre d'endurer les maux qui en avaient découlé.

D'après elle, Wu avait d'abord été engagée par l'empereur Taizong en tant que dame du palais. Tout le monde savait qu'aucune femme ne pouvait dire non à l'empereur, dans sa chambre ou ailleurs. Et ce dernier avait fréquemment appelé Wu dans son lit. À sa mort, la jeune femme de talent avait été envoyée dans un monastère taoïste où elle aurait dû rester cloîtrée, loin du regard des hommes, pour le restant de ses jours. Là-bas, elle avait organisé des rendez-vous secrets avec le fils de l'empereur, le nouveau souverain Gaozong. Leur liaison avait de quoi provoquer un scandale, surtout que le jeune homme venait juste de monter sur le trône et d'épouser l'impératrice Wang, sans avoir eu le temps de consolider son autorité. Il n'avait cependant pas tardé à rappeler sa maîtresse au palais où il l'avait nommée « première concubine », soit en deuxième position après l'impératrice dans la hiérarchie féminine. Wu avait aussitôt monopolisé toute l'attention du souverain. Totalement envoûté, il avait fermé sa porte à son épouse.

Un an plus tard, Wu avait donné naissance à une petite fille, morte au berceau. La cour avait appris avec horreur que l'enfant portait les marques indéniables d'une mort par strangulation. Or l'impératrice Wang s'était rendue dans la chambre du nouveau-né peu avant le drame. Wu avait alors accusé sa rivale d'avoir assassiné l'enfant dans un accès de jalousie maladive. Afin d'appuyer cette théorie, elle avait fait appel à plusieurs témoins affirmant avoir vu l'impératrice se glisser furtivement dans la chambre. L'empereur avait été persuadé que son épouse avait tué sa fille alors qu'il n'existait aucune preuve tangible de son crime. Sans alibi solide, l'impératrice n'avait jamais pu blanchir son nom.

Le juge Ti se dit qu'il ne fallait pas oublier que les Confucianistes convaincus décrivaient toujours Wu comme une femme impitoyable et avide de pouvoir, prête à écraser tous ceux qui se trouvaient sur sa route. Les rumeurs les plus folles fleurissaient sur son compte comme des mauvaises herbes. La population s'empressait de les étoffer et de les colporter partout. La plus répandue était que Wu avait tué son propre bébé dans le but de faire accuser l'impératrice. Au bout du compte, la favorite avait néanmoins réussi à évincer sa rivale. L'empereur furieux l'avait répudiée et avait nommé Wu impératrice à sa place.

Puis, l'ancienne impératrice avait à son tour été assassinée.

Voilà l'histoire que le juge Ti avait péniblement réussi à assembler à partir des propos désordonnés de Ning.

Il regarda son invitée quitter la pièce d'un pas traînant. Dès qu'elle ouvrit la porte, Yang lui tendit le bras sur lequel elle s'appuya et ils sortirent tous deux, à nouveau dissimulés sous leurs voiles.

À sa grande surprise, le juge Ti songea que ce récit corroborait bel et bien les accusations de Luo Binwang dans son *Appel aux armes.*

Le repas des poètes

Adieu à un ami

Le battement des heures étire la nuit froide,
le calme ciel clair se prélasse dans la fraîcheur d'automne,
quel présent te donner au moment des adieux ?
Mon cœur, aussi pur que la glace dans un vase de jade translucide.

Luo Binwang

Le juge Ti décida d'inviter cinq poètes à dîner dans une auberge tranquille, à l'ombre d'un saule, aux confins de la ville. L'établissement se trouvait sur la route de la première étape qu'il avait choisie pour son enquête. Il était trop vieux, se disait-il, trop fatigué, pour voyager de nuit. Il avait donc décidé de dormir là-bas et envoyé son serviteur poursuivre ses investigations dans les alentours. Il espérait avec ce repas glaner d'autres informations.

Les poètes arrivèrent les uns après les autres. Ils jouissaient tous d'une renommée mineure, loin de celle de Jiong ou de Luo. Un repas léger avait été disposé sur une table, au centre d'un salon privé : petits pains cuits à la vapeur, méduses à la cannelle, poisson-globe et boulettes de riz farcies.

Le juge Ti se leva, s'éclaircit la gorge, leva sa coupe de vin et se lança dans le discours qu'il avait préparé :

« Bienvenue dans cette auberge. Comme vous l'avez sans doute appris, Sa Majesté m'a chargé de retrouver Luo Binwang qui est toujours porté disparu. En raison de mon âge avancé et de la charge de travail dont je suis accablé, je ne sais pas grand-chose sur lui. Tout ce que vous pourrez m'apprendre me sera d'une aide infiniment précieuse.

– Vous êtes un fonctionnaire d'une perspicacité et d'une efficacité remarquables, Votre Honneur, répondit un poète surnommé Shangguan. Je ne vois pas à qui d'autre que vous l'impératrice aurait pu s'adresser. Certains mettraient des mois voire des années à percer le mystère de cette disparition. Alors que pour vous, ce sera un jeu d'enfant. Votre instinct unique fait de vous un grand poète et un grand juge.

– Détrompez-vous, ma tâche est loin d'être simple. Et je ne suis pas un poète, contrairement à vous tous. Dans ma jeunesse, j'avoue avoir caressé le rêve de poursuivre une carrière de lettré. Mais Sa Majesté n'a cessé de me confier une mission après l'autre. Des missions sans rapport aucun avec la poésie, comme vous le savez. Je n'ai pas écrit une ligne digne d'être lue depuis des années.

« Si je vous ai invités ici, c'est dans l'espoir d'obtenir une image plus claire de l'homme qu'est Luo. Vous êtes tous des poètes réputés, vous avez dû un jour ou l'autre le croiser ou discuter avec lui. N'importe quel détail, même le plus insignifiant, me sera utile, surtout en ce qui concerne les lieux éventuels où il aurait pu se cacher.

– Même le chef de la révolte, le général Xu, a été tué dans la bataille de la rivière Wuding, reprit Shangguan sans lâcher sa coupe de jade blanc, pleine de vin rouge qui miroitait à la lueur des bougies. Je doute qu'un vieux rat de bibliothèque comme Luo ait réussi à en sortir vivant.

– J'ai émis la même hypothèse auprès de Sa Majesté, mais elle n'a rien voulu entendre, répondit le juge Ti en secouant la tête. Tant que je n'aurai pas trouvé au moins une preuve qu'il est mort, sur le champ de bataille ou ailleurs, elle veut que je continue à chercher. »

Selon un vieux proverbe, sans coïncidence il n'y aurait pas d'histoires. La discussion fut soudain interrompue par des coups à la porte. Sur le seuil, apparut un fonctionnaire d'une cinquantaine d'années et de rang moyen surnommé Yuwen. Un agent double qui avait la réputation de manœuvrer sournoisement entre les deux factions rivales de la cour : les partisans des Li, fidèles aux héritiers de l'empereur défunt, et les partisans des Wu, loyaux envers l'impératrice. Malgré le poste élevé qu'il occupait au sein du gouvernement, dans les milieux intellectuels, Yuwen était perçu comme un confucianiste convaincu, au même titre que le juge Ti.

« J'ai entendu dire que vous partiez à la recherche de Luo Binwang, commença Yuwen en s'asseyant sur une chaise vide à côté du juge Ti. Il y a des années, j'ai passé le concours général de la capitale en même temps que lui. Nous logions dans la même auberge en attendant nos résultats. J'ai été reçu et il a échoué, bien que ses poèmes fussent alors déjà nettement meilleurs que les miens. Depuis, je suis sa carrière de près, et ce, bien avant qu'il ait rejoint la rébellion. C'est un grand poète, ça ne fait aucun doute. À mon avis, c'est même le meilleur des Quatre Parangons de notre temps. »

Yuwen se mit alors à révéler au juge Ti et à ses convives tout ce qu'il avait appris depuis des années sur le poète.

« Récemment, j'ai entendu dire que des gens l'auraient vu en vie après la bataille désastreuse de la rivière Wuding. D'après certains, il aurait même été aperçu dans un petit village de la région, dans une maison de plaisirs. D'autres prétendent qu'il s'est réfugié dans le temple bouddhiste de Dingguo. Mais jusqu'ici, rien n'a été prouvé. Les distances entre ces différents lieux sont beaucoup trop grandes pour qu'il ait pu les parcourir en si peu de temps. À moins qu'il n'ait eu des ailes, ce qui semble peu probable.

– Un homme blessé et âgé comme lui n'a certainement pas pu aller bien loin, ajouta un poète nommé Zhou.

– Les soldats ont passé toute la zone au peigne fin, intervint Oyuang, un lettré connu pour ses poèmes *ci*[1], mais ils ne savaient peut-être pas où chercher. Souvent, les êtres et les choses se trouvent dans les endroits où on les attend le moins, parfois même à la vue de tous.

– Pourquoi pas dans sa maison de famille ? hasarda un poète nommé Wei.

– Vous savez où elle se trouve ? demanda le juge Ti.

– Je viens d'un comté voisin du sien. J'ai entendu parler de lui quelquefois. Ses parents sont morts ; il ne lui reste qu'une sœur cadette qui vit dans la maison familiale. Ils se sont fâchés il y a des années, quand elle a refusé de lui donner sa part d'héritage.

– C'est beaucoup trop loin du champ de bataille, l'interrompit Shangguan. Et ç'aurait été trop risqué pour lui de retourner dans son pays natal.

1. Poème court écrit sur une mélodie préexistante.

– Il y a un de ses poèmes, reprit Yuwen, qui est soumis à plusieurs interprétations. Elles ne sont pas toutes plausibles, cela va sans dire. Même la paternité du texte n'est pas certaine, mais l'humeur pourrait correspondre à celle de Luo la veille de la bataille. Le voilà :

Adieux à un ami au bord de la rivière Yi

Ici, le brave assassin Jin Ke[1]
fit ses adieux à son seigneur le prince Yan,
les cheveux dressés d'indignation.
Les héros et les cœurs nobles
d'autrefois se font rares et l'eau
de la rivière Yi reste de glace.

– Le parallèle est intéressant, observa le juge Ti. Jin Ke était un guerrier intrépide, déterminé à empêcher la conquête de la Chine par le premier empereur de la dynastie Qin. Il savait qu'assassiner l'empereur serait une mission impossible, mais son sens du devoir l'obligeait à essayer malgré tout. Il a donc dit adieu à ses amis et chanté ces vers pour leur faire comprendre que les eaux froides de la rivière continueraient à couler après lui. Sa tentative d'assassinat a échoué, mais depuis, les gens ne cessent d'admirer son courage. On pourrait dire que dans ce poème, Luo se dit adieu à lui-même.

---

1. À l'époque des Royaumes Combattants, au IIIe siècle avant J.-C., Jin Ke est envoyé par le prince Yan en mission pour assassiner le roi Zhen, du royaume de Qin. Le personnage revient souvent dans les poèmes de Luo Binwang et dans la poésie chinoise classique en général.

– La référence historique en dit long sur l'intention qui se cache derrière ces vers, approuva Yuwen. Les deux hommes se préparent à courir vers une mort certaine. La rivière représente un point de non-retour. Et ce poème est en quelque sorte son chant du cygne.

– Luo savait ce qui l'attendait, ajouta Zhou, et malgré cela il a choisi de prendre part à la bataille. »

Le poème passa de main en main. L'un des convives prit une profonde inspiration, puis tous restèrent longtemps silencieux.

La conversation avait pris une tournure politique, ils avançaient sur un terrain glissant. Et comme disait le célèbre proverbe chinois, les murs avaient des oreilles.

*

Aucun élément déterminant n'était ressorti de cet échange, songea le juge Ti en lissant inlassablement sa barbe entre son pouce et son index.

L'obscurité avait envahi les carreaux de papier jaunis, plongeant la pièce dans une pénombre surnaturelle. Au loin un chien hurlait à la mort quand de légers coups se firent entendre à la porte. C'était Yang qui venait au rapport, trempé par la pluie du soir.

Après avoir bu une grande gorgée du thé brûlant que son maître lui tendait, le serviteur entreprit de résumer tout ce qu'il avait appris au cours de ses pérégrinations: peu de choses, sans grand intérêt sur Luo, mais une foule de détails au sujet des mœurs dépravées de l'impératrice, rumeurs sans doute alimentées par le célèbre manifeste. On racontait partout qu'elle s'était prise d'une passion soudaine pour un moine particulièrement viril nommé Xue Huaiyi qui, toujours d'après les rumeurs, était doté d'un membre gigantesque, aussi long et large que le bras. Au cours de leur première nuit d'ébats, brûlant d'un feu nouveau, la souveraine, au comble du plaisir, avait été prise de violents tremblements.

Après que la pluie chaude était tombée sur les nuages blancs des corps luisants de sueur, le moine avait transcrit mot pour mot dans son journal intime l'exclamation extasiée prononcée par l'impératrice après leur étreinte : « Une fois dans ma vie, j'aurai su ce que c'est que de naître et que de mourir femme. »

Mais elle n'était pas assez naïve pour se laisser emporter par la passion et le désir. Tout en couvrant son amant de cadeaux et de faveurs, elle veillait scrupuleusement à le tenir éloigné des affaires de la cour. Et les fonctionnaires de haut rang se gardaient bien de critiquer le moine débauché, fidèles au vieux proverbe : *Avant de battre un chien, il faut bien regarder son maître.*

« Et Luo ? Tu n'as rien appris d'autre sur lui ?

– Non, pas grand-chose, Votre Honneur. Je n'ai entendu que des ragots douteux. On dit qu'il a refusé d'écrire un éloge de l'impératrice et que c'est pour ça qu'il a été jeté en prison. Mais cet incident est sûrement arrivé longtemps avant la rébellion.

– Tu as raison, on ne peut pas se fier à ces commérages. Sa Majesté est plus maligne que ça.

– On raconte aussi qu'en prison, il a écrit un poème dans lequel il se compare à une mouche ou quelque chose comme ça. »

Le juge Ti savait bien que la poésie échappait au domaine de compétences de Yang. Il faisait certainement allusion à son *Ode à la cigale.*

Après avoir remercié son serviteur, le juge Ti sortit seul dans la cour. Il avait la vague impression d'être passé à côté d'un élément important de ce gigantesque puzzle mais pour l'instant, il se sentait incapable d'en mettre deux pièces bout à bout.

Les messagers de l'aube

Adieux

Descendre de cheval offrir à boire
Interroger : où pensez-vous partir ?
Vos projets dites-vous ont fait faillite.
Vous retirez au pied des monts du Sud.
Partez ami – les mots sont inutiles.
Les nuages sont blancs à l'infini.

Wang Wei

À la pointe de l'aube, un messager dépêché par l'académicien Jiong arriva au galop, muni d'une copie de deux poèmes de Luo inspirés par la petite pêcheuse accompagnés d'une lettre :

Votre Honneur,

Voici un poème que Luo aurait écrit pour la jeune femme dont je vous ai parlé. Certains doutent qu'il en soit l'auteur, mais un de mes amis académicien érudit est convaincu que si. On m'a aussi confirmé que Luo avait bien séjourné sur le bateau de la pêcheuse. Pendant quelques jours, soit avant, soit après son passage en prison.

Toujours d'après mon ami, la jeune femme, surnommée « L'Hirondelle », a la réputation d'être une cuisinière hors pair. Les hommes de lettres affluent chez elle, non seulement pour déguster ses plats, mais surtout pour admirer la belle en train de découper ses prises, le corps encore tout ruisselant d'eau de la rivière. On dit aussi qu'elle n'a pas son pareil pour tenir à distance les prétendants qui bourdonnent comme des mouches autour d'elle et que, de nature modeste et chaste, elle se cantonne la plupart du temps à son rôle de restauratrice.

Je profite de cette lettre pour vous souhaiter chance et succès dans votre voyage.

Yang Jiong

En dépit des bons souhaits de Jiong, cette journée n'allait pas démarrer sous les meilleurs auspices car un autre messager arriva à la hâte. C'était un informateur employé secrètement par Yang. Il venait lui annoncer la mort de l'ancienne femme de chambre de l'impératrice Wang.

Ning avait été retrouvée dans la cour de sa maison, pendue à un dattier. La rigidité du corps laissait penser qu'elle était morte vers minuit. Étrangement, il n'y avait ni tabouret ni échelle près de l'arbre et il était peu probable qu'elle ait sauté pour passer la tête dans le nœud coulant. Même si elle avait un jour été capable d'accomplir cette prouesse, elle n'en avait plus la force, se dit le juge Ti. Elle n'arrivait même pas à sortir seule du restaurant. Ce suicide ressemblait plutôt à un meurtre mal déguisé. Cette supposition inattendue le fit frissonner.

Était-ce leur entrevue de la veille qui avait provoqué cette tragédie ? En ces temps de complots incessants, la surveillance de l'État était omniprésente, omnipotente. L'impératrice devait le faire suivre jour et nuit…

« Qu'allons-nous faire aujourd'hui, maître ? »

La question de Yang tira le juge de ses réflexions.

« Euh… allons d'abord à la rivière Wuding.
– Pourquoi ça ?
– C'est là qu'a eu lieu la dernière bataille entre les rebelles et l'armée impériale, là où Luo a été porté disparu. » Le juge Ti s'interrompit un instant. « Et c'est aussi dans un village tout proche qu'il aurait séjourné avant l'affrontement.
– Le voyage risque de prendre plus d'une journée.
– A-t-on vraiment le choix ? demanda le juge Ti en secouant la tête. Peux-tu essayer de nous y conduire le plus vite possible ?
– Je vais essayer, maître, mais j'ai bien peur que nous ne puissions pas atteindre la rivière avant demain. »
Le serviteur prit aussitôt place à l'avant du coche, leva son fouet et le fit claquer dans les airs. Il était déjà presque midi.

*

Alors qu'il cahotait sur la route dans l'atmosphère étouffante de la calèche et malgré ses efforts pour rester concentré sur l'affaire qui le préoccupait, le juge Ti commençait à s'assoupir. Bientôt, il sombra dans un profond sommeil ponctué de rêves plus étranges les uns que les autres.
Une multitude de personnages : l'impératrice Wu, l'empereur Gaozong, l'ancienne impératrice Wang, Luo Binwang, Ning, Jiong et d'autres encore, se succédaient dans un défilé de scènes hachées, troubles, et en même temps d'une humanité et d'un réalisme déroutants. Après tout, se dit-il, hommes et femmes ne sont faits que de l'étoffe des rêves. Lui autant que les autres.

En s'éloignant de la capitale, la route devenait de plus en plus accidentée, mais, anticipant les besoins de son maître, Yang avait disposé pour lui dans la voiture plusieurs coussins moelleux.

La rivière Wuding

Balade du Long-Xi

Ayant juré de décimer les Huns,
ils se battirent sans songer
à eux-mêmes et moururent tous,
cinq mille guerriers sous leurs zibelines,
perdus dans la poussière du Nord.
Hélas, les os blancs dispersés là-bas,
près de la lointaine rivière Wuding,
viennent encore hanter ses rêves printaniers
sous la forme de l'homme qui lui appartenait.

Chen Tao

Les deux compagnons de route n'atteignirent la rivière Wuding que le lendemain après-midi. Le voyage avait été aussi long que la rivière. Le juge Ti ne savait pas précisément où la bataille avait eu lieu. Il décida donc de se rendre d'abord à l'auberge, ce que Yang approuva.

Après avoir obtenu quelques renseignements auprès de l'aubergiste, le magistrat voulut commencer par offrir un sacrifice en l'honneur de ceux qui étaient morts au combat. Cruelle ironie du sort, sept ou huit ans plus tôt, une autre bataille sanglante avait été livrée sur cette même rive, entre les agresseurs barbares et l'armée impériale. Les affrontements avaient été alors aussi féroces et violents, peut-être même plus. D'après des sources officieuses, il y avait alors eu plus de morts que pendant la guerre civile.

Sur place, le juge Ti fut particulièrement choqué et attristé par la scène de désolation qui s'offrait à lui : au sol, des corps décharnés pointaient leurs doigts accusateurs vers le ciel où des corbeaux noirs volaient en cercle, prêts à plonger vers les carcasses. Une minuscule fleur jaune sortie de ce qui ressemblait à l'orbite d'un crâne découvrait avec ahurissement le décor et se balançait dans le vent lugubre qui balayait la terre vaine.

Toutes ces batailles et ces guerres se justifiaient-elles ? Les politiciens virulents aux fronts parcourus de veines saillantes comme des vers de terre affirmeraient que oui, bien sûr. Jadis, l'intérêt national de la dynastie Han devait être défendu. Tout comme aujourd'hui, la stabilité du régime de l'impératrice Wu.

Se mettaient-ils à la place de leurs ennemis ? Pensaient-ils un instant aux morts et aux blessés venus recouvrir les anciennes dépouilles ? Cette fois-ci, les Chinois s'étaient battus entre eux. Selon le manifeste de Luo, la lutte était entièrement justifiée. Sur ce point, il était d'accord avec l'impératrice. Chacun des partis était convaincu que la cause qu'il servait était noble.

Tenaient-ils compte des veuves et des orphelins ?

Mencius, lettré confucianiste presque aussi réputé que son maître, avait bien résumé la situation : « Pendant la longue, longue période des Printemps et Automnes, aucune guerre n'était juste ni justifiée. » Cette conviction expliquait sans doute qu'il n'ait pas été aussi populaire que Confucius. Il avait aussi écrit: « Les hommes passent en premier, les intérêts de l'État ensuite et l'empereur en dernier. » Ce genre de propos déplaisait évidemment aux souverains de l'époque. Le juge Ti se rappela enfin une autre citation qui lui avait servi de principe tout au long de sa carrière: *Si tu ne te tiens pas droit, tu ne verras pas l'horizon.*

*

À l'instant même où il regagnait le confort de son auberge de campagne, le juge Ti fut étonné de voir accourir vers lui le maire du village, un certain Zhuang.

Par le plus grand des hasards, plus de dix ans auparavant, le maire avait réussi le concours impérial de la capitale alors supervisé par le ministre Ti. Depuis ce jour, le jeune fonctionnaire se targuait d'être un disciple du haut dignitaire. Il s'empressa d'inviter son éminent visiteur à partager avec lui un repas léger afin de « chasser la poussière du voyage ».

Les deux serviteurs de Zhuang sortirent aussitôt des plats chauds et froids des larges paniers qu'ils avaient apportés et les disposèrent sur une table dans la chambre, agrémentés d'une carafe délicate remplie de vin de riz tiède d'un jaune éclatant. Le festin, préparé avec le plus grand soin, rassemblait plusieurs spécialités locales comme des cuisses de grenouilles frites au wok, à la chair particulièrement ferme, ainsi qu'une urne de « Bouddha qui saute par-dessus le mur », bouillon de poulet garni d'ormeaux, concombres de mer et ailerons de requin, le tout mijoté pendant des heures, une recette qui, d'après la légende, avait de quoi faire renoncer les moines bouddhistes au végétarisme.

En réalité, Zhuang n'avait jamais été l'élève de Ti. Les hauts fonctionnaires chargés de superviser le concours impérial n'étaient pas censés rencontrer les candidats. Ils se contentaient de noter leurs copies dans une pièce séparée, loin des regards. Mais ceux qui étaient admis nourrissaient généralement une reconnaissance éternelle envers celui qui leur avait attribué une bonne note et avaient pour habitude de considérer dès lors leur examinateur comme leur mentor.

Cette invitation tombait bien. Le juge Ti était épuisé. Il avait l'impression que tous ses os, secoués et ballottés pendant de longues heures sur la route, étaient déboîtés. Il songeait aussi à Yang qui avait conduit le coche sans s'arrêter. Son infatigable serviteur avait bien mérité un peu de réconfort.

« C'est un tel honneur pour moi d'avoir été votre élève, Votre Honneur, reprit le maire. Quand j'ai appris que vous arriviez chez nous, je me suis tout de suite demandé ce que je pourrais faire pour vous témoigner mon respect et mon admiration. »

Tout en empilant les mets délicats sur l'assiette de son invité, il lui raconta les détails de la bataille féroce qui avait ensanglanté les rives de son village.

Le juge Ti l'écoutait en espérant que cet échange lui serait de quelque utilité pour son enquête. Si cet homme le considérait réellement comme son maître, il n'hésiterait pas à l'aider. Justement, il se mettait déjà à lui révéler ce qu'il savait sur le poète disparu.

« D'après les renseignements que j'ai pu obtenir, Luo a disparu au cours de la dernière bataille. Avant ça, les troupes ont stationné ici pendant environ un mois. Au cours de leur séjour, la seule personne avec qui Luo a été en contact est un médecin nommé Hua qui s'est occupé d'une blessure reçue lors d'un précédent affrontement. Il a logé dans la hutte du médecin et grâce à ses remèdes, il s'est rétabli rapidement. J'ai cru comprendre que les deux hommes s'entendaient à merveille.

« À vingt ans, Hua s'est présenté au concours impérial, mais il n'a pas été reçu. Il est devenu herboriste tout en restant grand amateur de poésie et fervent admirateur des écrits de Luo. Il lui a donc tout de suite offert ses services. Avant de rejoindre les troupes, sept ou huit jours avant la bataille, Luo lui aurait écrit un poème pour le remercier.

« Après la destruction de l'armée rebelle, le bruit a couru que Hua avait aidé Luo à se cacher dans les environs. Bien sûr, il a été interrogé et sa hutte a été fouillée à plusieurs reprises. De fond en comble. À vrai dire, toute la zone a été passée au crible par des soldats et des agents de la police secrète dépêchés par ceux qui trônent au sommet de la Cité interdite. Mais malgré leurs efforts, ils ont fait chou blanc. »

Le juge Ti ne fut pas étonné par ce récit. Tout en s'interdisant de rejeter d'emblée l'hypothèse formulée par le maire, il lui semblait peu probable que Luo soit retourné chez le médecin. Dans la dynastie Tang, le peuple était convaincu que celui ou celle qui siégeait sur le trône sacré était doté d'un pouvoir céleste et qu'il ou elle avait été choisi pour diriger le pays. Aucun citoyen ordinaire n'osait défier cette autorité. Héberger un fugitif revenait à commettre un crime de lèse-majesté.

« La police secrète vous a aussi interrogé à propos de Hua ? demanda le juge Ti.

– Oui, des émissaires de la capitale sont venus ici peu de temps après la défaite.

– Je vois, marmonna le juge en se demandant à nouveau pourquoi l'impératrice déployait de tels moyens pour un seul homme. Et selon vous, y avait-il une raison de croire que Luo et Hua manigançaient quelque chose ?

– Aucune, Votre Honneur. Je crois qu'ils ont passé le plus clair de leur temps à philosopher. Ils avaient des points communs. Comme je vous le disais, Hua a raté plusieurs fois l'examen impérial et Luo n'a été reçu qu'à l'âge de cinquante ans passés. Cette expérience a dû les rapprocher. »

Le silence retomba. Au bout d'un certain temps, Zhuang ne put s'empêcher d'ajouter : « Vous savez, tous ceux qui vivent ici ont été profondément ébranlés par cette terrible bataille. Si vous aviez vu ça. La rivière était rouge vif. Pendant des mois, personne n'a voulu manger du poisson ou des crevettes à cause de la couleur surnaturelle et de la puanteur des eaux. »

Visite à un ermite

Sous le sapin, j'interroge le disciple.
– Le maître est parti chercher des simples.
Par là, au fond de cette montagne,
Nuages épais : on ne sait plus où…

Jia Dao

Tôt le lendemain, le juge Ti se dirigea vers la hutte de l'herboriste. Tout en mâchant une noix d'arec, il réfléchissait à la meilleure manière d'aborder cet entretien.

À l'instant précis où la hutte en bois lui apparut, à l'orée d'un bosquet dense, un magnifique faisan jaillit au bord du sentier, éblouissant dans la lumière du soleil.

Les planches de pin délavées des murs s'effritaient, des lambeaux d'écorce ployaient vers le sol. En approchant, on distinguait plusieurs trous dans le toit de chaume, signes flagrants de la pauvreté de l'occupant. Le papier des fenêtres, jauni par le temps, était également percé de nombreux petits trous. Les jours d'orage, il ne devait pas faire bon vivre dans cette chaumière misérable.

Le juge Ti frappa plusieurs fois à la porte et, en l'absence de réponse, l'entrouvrit avec précaution. Sur le seuil, reposait un panier de bambou contenant des herbes fraîches d'un vert éclatant sur les feuilles tendres desquelles perlaient quelques gouttes de rosée. Elles avaient dû être cueillies le matin même. Près du panier, se trouvait une faucille à lame courbe, sans doute conçue pour couper les plantes des montagnes. Une paire de sandales en corde, couvertes de boue, témoignaient encore du dénuement dans lequel vivait l'habitant de la hutte soumise aux caprices du temps. Le juge Ti songea alors aux vers méditatifs de l'ermite-poète Han Shan :

> *Au passage des pluies, au plus fort du printemps, les fleurs chutent en voletant.*
> *Peu à peu leur parfum pénètre ma robe rapiécée.*
> *Esprit simple et vacant, continûment sans lieu.*
> *À la crête du pic, étayé d'un bâton, je regarde le retour des nuages.*

Il vieillissait, se dit-il en soupirant, il devenait sentimental.

Un herboriste comme le docteur Hua, reclus dans cette campagne désolée, devait quotidiennement lutter pour sa survie. Et puis, il avait récemment été traqué par les autorités, sans doute interrogé sans relâche, arraché à sa tranquillité pour être plongé malgré lui dans les turpitudes d'une surveillance permanente. Impossible pour lui de s'échapper dans les nuages blancs des montagnes.

Ti laissa échapper un nouveau soupir quand Hua apparut à la porte. Ses tempes grisonnantes et son front creusé de rides indiquaient qu'il devait avoir à peu près le même âge que lui. Il portait une longue robe de chanvre artisanale et des sandales en corde. Il avança vers Ti pour le saluer d'une profonde révérence. Sa longue robe, semblable à celle des lettrés, lui donnait l'apparence d'un médecin savant.

« Votre visite illumine mon humble demeure, commença-t-il en serrant chaleureusement la main du juge. C'est un honneur immense que vous faites au rustre que je suis.

– Nous avons tous les deux étudié les classiques. Nous ne sommes pas si différents l'un de l'autre. Vous êtes aussi un habile médecin. Comme dit le proverbe, il faut être soit un bon ministre, soit un bon médecin. En ces temps incertains, une manœuvre politique peut porter ses fruits un moment, mais elle peut aussi tôt ou tard provoquer de grands malheurs. Alors qu'un bon médecin sauvera toujours des vies. À vrai dire, j'aurais aimé soigner les gens, comme vous.

– Vous me flattez. J'ai beaucoup entendu parler de vous, déclara Hua, en bien comme en mal. Je ne connais pas grand-chose à la politique, donc je me garderai bien de vous juger. Mais j'ai cru comprendre que vous étiez un homme d'État intègre et perspicace qui, dans n'importe quelle situation, pensait toujours aux intérêts de l'empire à long terme. Je dois dire que j'ai été très impressionné par le conseil audacieux que vous avez prodigué à l'impératrice : considérer les Li comme dignes héritiers du trône afin de préserver la paix et la cohésion de l'empire Tang. Posez-moi toutes les questions que vous voudrez, j'y répondrai de mon mieux.

– Je vous remercie de vos compliments. Je connais les bruits qui courent sur mon compte. Laissez-moi d'abord vous raconter ce qui m'est arrivé récemment. Avant de partir pour ce voyage, je suis allé voir ma belle-sœur. Elle a épousé mon frère alors que je n'étais encore qu'un jeune garçon. Pendant des années, elle a pris soin de moi, même après que mon frère a trouvé la mort dans un accident, jusqu'à ce que je réussisse le concours impérial. Selon un vieux proverbe, une belle-sœur aimante est comme une mère. Je lui en serai éternellement redevable. Mais la dernière fois, elle m'a adressé de sévères remontrances.

"Tu jettes l'opprobre sur notre maison. Et sur le nom de notre famille. Tu oses ramper aux pieds de cette débauchée, de cette traînée, et tu vas pourchasser Luo comme un chien trop bien dressé. Il a bien fait d'écrire son manifeste. Il a raison sur toute la ligne."

« Puis elle m'a claqué la porte au nez en affirmant qu'elle avait honte d'avoir un beau-frère comme moi. C'est une femme éduquée et vertueuse. Je peux comprendre sa colère.

– Je la comprends aussi, reconnut Hua, mais elle est injuste envers vous. Elle ne devrait pas vous condamner si sévèrement.

– Comme elle, de nombreux fidèles au clan des Li se montrent très durs envers moi. Ils ont leurs raisons. Mais je ne peux pas être d'accord avec eux. Ma loyauté va avant tout au peuple chinois. C'est lui que je sers et non pas une personne en particulier, qu'elle s'appelle Li ou Wu.

– Une position tout à fait louable, Votre Honneur.

– Permettez-moi d'ajouter que malgré les passions lascives auxquelles, au dire du peuple, se livre l'impératrice, c'est une souveraine compétente qui œuvre à la prospérité et à la stabilité de l'empire Tang. Force est de constater que depuis son accession au trône, la Chine n'a jamais été aussi prospère. Et hormis la révolte du général Xu, le pays jouit aussi d'une période de paix sans pareille.

– Oui, vous avez vos raisons, mais comme vous le dites si bien, le peuple a les siennes. Vous avez dû entendre parler de la liaison scandaleuse entre l'impératrice et le moine Xue.

– Assez parlé politique, Hua. Changeons de sujet. Vous avez longuement discuté avec Luo quand il était ici, paraît-il.

– J'aime sa poésie. C'est un des plus grands poètes de notre temps. Je dirais même le meilleur des Quatre Parangons. Quant à moi, je ne suis qu'un candidat malheureux à l'examen impérial et je n'ai pas un dixième de son talent. J'étais donc heureux de pouvoir m'entretenir avec lui.

– Je vous comprends, j'aurais aimé avoir cette chance. Je n'ai jamais rencontré Luo, mais j'apprécie aussi beaucoup sa poésie. Parlez-moi un peu de votre rencontre et des échanges que vous avez eus avec lui.

– Quand la révolte a éclaté, grâce à l'engouement et à la ferveur des combattants, l'armée rebelle a remporté successivement plusieurs batailles. Beaucoup de gens ont dit que c'était *L'Appel aux armes* de Luo qui avait éveillé l'ardeur des troupes. Mais Luo a ensuite été blessé au combat non loin d'ici. Le général Xu l'a fait porter chez moi pour que je puisse soigner ses blessures.

– Était-il gravement blessé ?

– Pas tant que ça. Il n'a jamais perdu sa vivacité. Il a même écrit pour moi un poème à propos d'une bataille disputée au début du soulèvement. »

Hua grimpa dans son grenier étroit et en redescendit avec un rouleau de soie sur lequel avait été recopié le poème *Adieux aux soldats Zheng à la frontière.*

À l'aube de la guerre barbare déclenchée par l'ennemi,
nos soldats héroïques marchent vers l'est,
et traversent la rivière Shanggan pour défendre le pays.

Les flèches scintillantes fusent, déchirent
l'épais feuillage des saules verdoyants,
par-dessus les selles ornées de jade blanc,
au milieu d'un brasier de fleurs de pêchers.
La lune claire projette au sol les ombres
des centaines d'arcs bandés,
les étoiles se rassemblent à la pointe
des épées gigantesques suspendues dans le ciel.

Oh ! Ne soyez pas comme l'assassin malheureux
des temps anciens, qui chante
en vain la triste mélopée
du vent glacé près de la rivière Yi.

Sous les vers, on pouvait lire la dédicace : « Copie d'un vieux poème pour mon ami, le docteur Hua – en signe de gratitude pour son traitement miraculeux. »

Luo n'avait donc pas composé ce poème ici. Il l'avait simplement recopié. Le cadeau devait cependant avoir une valeur inestimable aux yeux de l'amateur de poésie.

« C'est un texte magnifique, déclara le juge Ti. La référence à Jin Ke, dans la dernière strophe, est habile. On peut penser que Luo dresse un parallèle entre lui et le personnage historique de la dynastie Qing. Ce manuscrit est une pièce rare, il pourrait bien valoir une fortune. Gardez-le en lieu sûr. Il n'y a qu'un poète comme Luo pour produire un chef-d'œuvre pareil.

– Qui aurait pu prévoir que peu de temps après, l'armée du général Xu essuierait une défaite fatale ? Personne ne s'attendait à ce que la guerre civile s'achève de façon aussi brutale. Comme dit le proverbe, la fuite de l'armée en déroute ressemble à l'effondrement des montagnes dans un tremblement de terre.

– Les guerres peuvent en effet connaître des revirements abrupts… Qu'est-il arrivé à Luo ensuite ?

– Comme il était remis de ses blessures, il a insisté pour retourner au front. J'ai essayé de l'en dissuader, sans succès. C'était plus fort que lui, il avait autant besoin de se battre que d'écrire pour défendre ses convictions. Un vrai “poète des frontières”.

– Il avait peut-être compris que ses idéaux s'évanouiraient comme des ronds de fumée si la rébellion venait à être matée. Et il ne vous a pas contacté depuis cette dernière bataille ?

– Non, jamais. Les communications sont difficiles en temps de guerre. Et puis, je ne vois pas pourquoi il m'écrirait, je ne compte pas tant que ça pour lui. »

Le juge trouva la réponse de Hua pleine de bon sens. Si Luo avait survécu, il devait avoir d'autres préoccupations que celle d'avertir son nouvel ami.

« À propos, j'ai cueilli des herbes rares dans la montagne ce matin. Très efficaces pour restaurer l'équilibre du yin et du yang. Vous voulez essayer, Votre Honneur ? Le remède est totalement naturel. Ça ne peut pas vous faire de mal. »

L'allusion était claire. Assez parlé de Luo. L'herboriste avait sans doute raison d'être prudent. Mais le juge Ti décida de prolonger sa visite. Au fil de la discussion, il réussirait peut-être à obtenir quelques informations supplémentaires. Les deux hommes se mirent donc à parler des bienfaits de la médecine traditionnelle.

Quand le juge Ti partit, après encore une heure de bavardages, il n'avait rien appris de plus sur le poète disparu.

Prémonition

Printemps, je dors, insouciant de l'aurore.
Et maintenant, j'entends partout le chant des oiseaux.
Hier soir, c'était le bruit du vent et de la pluie…
Les fleurs sont tombées, qui sait combien ?

Men Haoran

Grâce à la décoction à base de plantes que le docteur Hua lui avait préparée et au chœur d'oiseaux gazouillants sous ses fenêtres, quand le juge Ti se réveilla le lendemain, il se sentait reposé et revigoré.

Il souleva le papier de la fenêtre et regarda la cour, jonchée de pétales de fleurs après une nuit d'orage.

En sortant dans la lumière du matin, il bâilla, se frotta les yeux et aperçut Yang qui avait déjà réinstallé pour lui des coussins moelleux dans le coche.

« Un long voyage nous attend, maître, bougonna-t-il sur un ton désapprobateur. Vous avez mal au dos. Il faut vous ménager.

– Tu penses à tout, Yang.

– Quelle est la prochaine étape ?

– La rivière Shu. »

Alors que Yang faisait déjà claquer son fouet, le maire accourut vers eux avec assez de provisions et d'eau pour deux jours de voyage. À l'ombre du gigantesque saule planté devant l'auberge, il s'inclina plusieurs fois devant l'illustre dignitaire.

*

Bientôt, la route redevint cahoteuse. Le juge Ti remercia intérieurement son serviteur pour les coussins moelleux. Une fois les rideaux du coche tirés, il se sentit en sécurité, au chaud comme dans un cocon de ver à soie, et il se mit à somnoler.

Sa conversation avec Hua lui avait laissé un vague sentiment de malaise, mais il n'arrivait pas à comprendre pourquoi et refusait de prendre ses inquiétudes au sérieux.

L'impopularité de l'impératrice auprès des hommes de lettres était palpable. Quant aux rumeurs folles sur sa vie privée, elles se répandaient dans tous les milieux. Dans son chariot bringuebalant, le juge Ti tentait de se rappeler les détails de son échange avec Hua à la recherche d'un indice qui lui aurait échappé jusqu'à ce que le sommeil ait raison de lui…

Il se réveilla en sursaut. En regardant au-dehors par une fine déchirure du rideau, il aperçut un geai bleu éclatant qui fendait le ciel azur. Au bord de la route, des rafales de vent faisaient pencher les roses trémières vers le coche. Un chien fauve rôdait dans l'ombre mouchetée de lumière d'une ferme.

Alors qu'il se frottait les yeux, il entendit le bruit des sabots d'un cheval qui heurtaient sourdement la terre au loin, puis de plus en plus près. En levant complètement le rideau, il aperçut un cavalier vêtu de noir qui galopait vers lui à toute allure.

Toujours en alerte, Yang regarda par-dessus son épaule et glissa à son maître à voix basse : « Quelqu'un vient vers nous, maître.

– J'ai vu. »

Le cavalier n'était autre qu'un messager qui fonçait sur le chemin cabossé afin de rattraper le juge. Arrivé à sa hauteur, il arrêta sa monture et lui tendit une lettre de Zhuang.

« Le maire m'a chargé de vous porter cette lettre avant qu'il ne soit trop tard », expliqua-t-il hors d'haleine après sa course effrénée.

Le juge Ti s'empara de la lettre et l'ouvrit aussitôt.

Votre Honneur,

Hua a été retrouvé mort ce matin dans sa hutte. Il a été sauvagement décapité. Son corps baignait dans une mare de sang. Une vraie boucherie, d'après les voisins qui l'ont découvert. Je vais me rendre sur les lieux de ce pas.

Qui a bien pu s'en prendre à un herboriste inoffensif comme lui ? Comme vous l'avez vu hier, accepteriez-vous de retourner au village examiner la scène de crime avec moi ?

Le juge était trop abasourdi par la nouvelle pour répondre. Et le maire sous-entendait clairement qu'il y avait un lien entre sa visite de la veille et le meurtre de cette nuit.

Au fond, le juge Ti était du même avis. Pour des raisons qui le dépassaient encore, Hua avait été assassiné juste après son entretien avec lui. Les deux hommes ne partageaient pas exactement les mêmes opinions ; l'herboriste ne portait visiblement pas la souveraine dans son cœur, mais c'était un ermite inoffensif, honnête et respecté.

« Dans un monde où tout est possible, tout n'est pas pardonnable », songea Ti.

Qu'était-il censé faire ? Même si l'expérience lui avait appris à ne pas croire aux coïncidences, il ne servait à rien d'imaginer des théories fantaisistes pour l'instant.

Cependant, il ne voyait pas l'utilité de retourner dans la hutte. Premièrement, ce délai déplairait à l'impératrice qui pourrait le prendre pour une tentative d'atermoiement de la part de son émissaire, voire un prétexte pour ne pas remplir sa mission. Or son système de surveillance était si perfectionné qu'elle avait fort bien pu le faire suivre jusqu'ici par sa police secrète. Après tout, officiellement, il n'avait jamais juré allégeance à la famille Wu.

En analysant les éléments objectivement, rien ne lui permettait d'affirmer que les questions qu'il avait posées à l'herboriste l'avaient mis en danger de mort.

Il était de notoriété publique que Luo était resté chez lui pendant plusieurs semaines. Le médecin avait d'ailleurs joué un rôle fondamental dans son rétablissement. Tout en lui vouant une profonde reconnaissance, le poète était parti précipitamment pour prendre part à la bataille. Il était quasiment impossible qu'ils soient restés en contact après ça.

Le juge Ti décida donc de poursuivre sa route. Il rédigea sur-le-champ une réponse à Zhuang.

M'étant engagé à remplir la mission urgente que m'a confiée l'impératrice, je me vois dans l'impossibilité de prolonger mon séjour ici. Je vous estime parfaitement capable de mener l'enquête et d'attraper l'assassin. J'ai confiance en vous. Réunissez toutes les preuves et les indices que vous pourrez trouver sur ce meurtre odieux. N'écartez aucune hypothèse à la hâte.

J'ai été enchanté de vous rencontrer, vous marchez sur mes traces en combinant votre rôle de maire à celui de juge-enquêteur. Un jour, quand vous viendrez à la capitale, je vous présenterai à mes pairs en tant qu'un de mes meilleurs élèves.

Tandis que le cavalier noir repartait dans un nuage de poussière, le juge Ti fut soudain parcouru par une vague de sueur froide qui l'empêcha de poursuivre sa sieste.

Ballotté sur les bosses et les nids-de-poule de la route, il entendit au loin une oie sauvage pousser un cri solitaire.

« Je n'ai pas tué Hua, mais hélas il est mort à cause de moi », se lamenta-t-il d'une voix presque inaudible.

À l'avant, sur son cheval, Yang secouait la tête avec résignation. Il travaillait au service du juge depuis assez longtemps pour savoir qu'il était inutile de le dissuader de poursuivre cette dangereuse mission et d'imaginer tous les mobiles possibles du meurtre au lieu de s'accorder un repos salutaire sur les coussins qu'il avait installés pour lui.

Après quelques heures de voyage, le juge Ti demanda à Yang de s'arrêter au bord de la route pour déjeuner.

« Tu conduis le coche depuis ce matin. Pas besoin d'aller si vite.

– Ne vous inquiétez pas pour moi, maître. »

Ils s'assirent sous un frêne et sortirent les galettes aux oignons verts et la gourde en bambou pleine de jus de melon frais que leur avait donnés le maire.

« Qu'en pensez-vous, maître ?

– De quoi parles-tu ?

– Du meurtre de Hua, le lendemain de votre visite ?

– J'ai du mal à croire qu'il s'agisse d'une coïncidence, mais je n'arrive pas non plus à trouver d'explication convaincante. Enfin, je ne peux pas exclure que les deux soient liés.

– Que comptez-vous faire maintenant ?

– J'ai répondu au maire. J'espère qu'il réussira à résoudre cette affaire tout seul. J'ai confiance en lui. C'est un homme intelligent. Ce qui m'ennuie, c'est que je crains d'être responsable de la mort de ce médecin.

– Ne dites pas ça. On n'en sait rien pour l'instant. Qu'allez-vous faire une fois que nous serons à la rivière Shu ?

– Chercher une jeune femme surnommée L'Hirondelle.

– L'Hirondelle ?

– J'ignore encore ce qui s'est passé exactement entre Luo et elle sur son sampan. Je t'en dirai plus quand je l'aurai rencontrée. »

Dans l'après-midi, sur la route, une mouche bleue entra en trombe dans le coche puis vola dans tous les sens autour du juge éreinté. L'atmosphère devenait suffocante. Le juge Ti ouvrit le rideau et agita frénétiquement la main pour chasser l'intruse. Le bourdonnement s'arrêta. Dès qu'il tira à nouveau le rideau, le vacarme reprit de plus belle.

Le vieux magistrat se sentait fébrile et épuisé. Il avait plus de soixante ans et l'intrusion de l'insecte indésirable venait s'ajouter à la fatigue de ce long voyage sur la route cabossée.

*

Ti se réveilla en sursaut d'un rêve terrifiant et constata qu'il était à nouveau trempé de sueur. Sa robe glacée lui collait à la peau. Il avait mal partout et n'arrivait pas à se défaire d'une étrange impression de déjà-vu.

Dans son rêve, un monstrueux dragon noir à queue de renard blanc, perché sur une poutre en bois du palais, le regardait d'un œil mauvais avant de laisser tomber sur son front moite une goutte de salive reptilienne. Le juge surprenait alors son reflet déformé dans un miroir de bronze oxydé posé à côté d'une bougie impuissante qui se consumait. Au loin, il lui semblait entendre le gardien de nuit qui frappait violemment les murs de la cité avec son bâton de bambou en criant : « Au feu ! Au feu ! Au feu ! » Alors que le juge Ti, paniqué et désorienté, se précipitait, chancelant, vers une porte de sortie, un vase tombait d'une table en bois et se fracassait sur le sol…

Yang arrêta brusquement la voiture et, se retournant vers son maître, lui demanda d'une voix tremblante : « Tout va bien ?

– Oui, oui, tout va bien. Encore un mauvais rêve. Rien de grave.

– Depuis le début de notre voyage, vous faites sans cesse des cauchemars. Reposons-nous un moment. Vous n'auriez jamais dû partir si loin de la capitale.

– Je ne pouvais pas refuser. Plusieurs fois, à la cour, Sa Majesté a déclaré qu'elle me considérait comme un pilier de l'empire et elle m'a toujours témoigné le plus grand respect. Je lui en suis reconnaissant. Comme dit le vieux proverbe, si l'on te nomme pilier de l'État, montre-toi inébranlable.

– Mais la révolte a été matée. Luo n'est qu'un écrivain. Quels dangers peut-il encore représenter? Pourquoi l'impératrice n'a-t-elle pas envoyé quelqu'un d'autre, quelqu'un de plus jeune, de plus résistant?

– Je l'ignore. Cette affaire lui tient tellement à cœur. Il m'est arrivé de lui soumettre des propositions qui auraient pu la froisser et elle ne m'a jamais reproché mon audace. Elle m'a toujours laissé entendre qu'elle se fiait à mon jugement. Un jour, alors qu'elle sortait du bain, elle a couru pieds nus vers moi pour me consulter en disant qu'elle imitait ainsi l'honneur immense que le premier empereur de la dynastie Han avait accordé à l'un de ses ministres avisés... »

La petite pêcheuse

Air de la cité de Wei

Dans la ville la pluie a mouillé la poussière;
Verdoyante est l'auberge au saule rafraîchi.
Videz un autre bol de vin à ma prière!
Dans les marches de l'Ouest vous n'aurez plus d'ami!
Wang Wei

« *En hâte, en grande hâte, / au loin, les montagnes et les cols disparaissent / comme des rêves évanescents...* » murmura le juge Ti pour lui-même en se réveillant à l'aube alors que le coche approchait enfin de la rivière Shu. Il se demanda si ces vers lui étaient apparus en rêve.

En regardant par la fenêtre, il vit des volutes de fumée s'échapper d'une grappe de toits. Il se demanda s'il rêvait encore. Il repensa à la hutte de Hua, avec son toit de chaume percé. Le corps de l'herboriste était-il toujours là-bas, raide et froid, baignant dans une mare de sang poisseux?

Sur les berges de la rivière, de jeunes pousses de saules d'un vert tendre émergeaient, scintillantes après une ondée matinale. Sous un arbre plus dense, plusieurs lettrés, rassemblés à l'abri d'une tente blanche, semblaient fêter le départ d'un des leurs. Le juge Ti les entendait chanter les vers d'un poème composé par le célèbre Lu Zhaolin :

Gravissant la montagne pour admirer la vue,
le jour de la fête du Double Neuf,
le mal du pays nous emporte,
comme le vent et la poussière soulevés devant nos yeux.
Alors que nous buvons le vin de chrysanthème,
dans une autre contrée et regardons l'oie sauvage
traverser l'étendue du ciel solitaire,
nous nous sentons comme elle,
suspendus sous ses ailes[1].

Las et courbatu, le juge Ti décida de descendre dans une auberge proche de la rivière.

Yang repartit aussitôt chercher des renseignements sur la petite pêcheuse surnommée L'Hirondelle et réserver un dîner sur son bateau pour son maître.

*

La tâche s'avéra nettement plus ardue que Yang ne l'avait imaginé. L'Hirondelle et sa cuisine étaient tellement prisées que les gens réservaient leur table chez elle des mois à l'avance.

Quand il réussit enfin à la voir en personne sur le ponton, il lui offrit plus d'argent qu'elle n'en recevait

1. La fête du Double Neuf a lieu le neuvième jour du neuvième mois, selon le calendrier lunaire. Dans la dynastie Tang, la tradition voulait que les gens se réunissent, grimpent au sommet d'une montagne et boivent du vin de chrysanthème afin de se préserver des catastrophes.

habituellement pour un dîner, mais elle refusa fermement en disant que les règles qu'elle s'était fixées s'appliquaient à tout le monde.

Yang savait bien que son maître ne pouvait pas se permettre de passer plusieurs mois ici ni de faire attendre l'impératrice. Il se rendit donc à l'improviste chez le maire du village, un certain Qian, comptant sur l'aide du fonctionnaire local pour obtenir une solution.

« Pardonnez-moi de vous déranger, monsieur le maire, mais nous sommes envoyés par Sa Majesté en personne. Nous enquêtons sur la disparition de Luo Binwang et nous sommes tenus d'apporter à l'impératrice une conclusion satisfaisante rapidement. L'affaire est très urgente. »

Qian ne se considérait pas comme un élève du juge Ti, mais il était assez malin pour comprendre qu'il n'avait pas intérêt à refuser pareille requête. Il savait que le juge était un ministre éminent, haut placé et très proche de l'impératrice. En effet, le magistrat ne se serait jamais lancé dans une enquête aussi délicate sans l'appui d'alliés puissants, voire omnipotents.

« C'est un grand honneur pour moi d'être sollicité par votre maître et de savoir qu'en l'aidant, nous servons aussi Sa Majesté, répondit-il d'un ton obséquieux. Je ne devrais pas avoir de mal à convaincre la petite pêcheuse de lui accorder un entretien aujourd'hui même. Je peux toujours la menacer de fermer son commerce.

– Merci infiniment. Faites en sorte que nous la rencontrions dans le plus grand secret. Personne ne doit être au courant. »

*

Une heure plus tard, le juge Ti apprit que le maire avait réussi à lui arranger un rendez-vous avec la jeune pêcheuse l'après-midi même, avec dîner inclus. Tous les frais étaient couverts par le fonctionnaire.

En avançant sur le ponton où le sampan était amarré, le juge Ti se demanda si cette rencontre allait l'aider à retrouver la trace de Luo. Près de l'embarcadère, une petite foule s'agitait, parlait fort, négociait, comme sur une place de marché. En voyant la taille modeste du sampan, le juge ordonna à Yang de l'attendre sur la berge sans quitter des yeux l'embarcation.

L'Hirondelle glissa littéralement jusqu'à lui. Pieds nus, elle portait autour de sa poitrine un *dudou* rouge de fabrication artisanale. Elle avait des traits fins, expressifs et un teint doré plein de santé. Sachant qu'elle plongeait plusieurs fois par jour pour pêcher, le juge Ti ne fut pas étonné de la voir si légèrement vêtue. Il comprenait mieux aussi d'où lui venait sa popularité. Elle devait faire des ravages auprès des intellectuels romantiques comme Luo. Auprès de beaucoup d'hommes, d'ailleurs.

Elle le mena sur son bateau étroit, couvert d'un minuscule toit de bambous. Presque tout l'espace était occupé par la cuisine installée sur le pont. Au milieu d'un fouillis de plats et de marmites, il n'y avait plus beaucoup de place pour la cuisinière, mais elle se mouvait néanmoins avec agilité, faisant danser les bracelets qui brillaient à ses chevilles.

Le juge Ti ne put s'empêcher de penser à un court poème de Li Bai :

Jeune fille aux traits fins, aussi belle
que la lune claire dans la nuit,

sans chaussettes, les pieds nus,
de la blancheur du givre
dans ses sandales de bois.

Sous la dynastie Tang, les jeunes filles n'étaient pas censées côtoyer des hommes avant le mariage, ni marcher pieds nus, ni porter des vêtements suggestifs en public. Brisant toutes ces convenances, L'Hirondelle devait exhaler un parfum sensuel irrésistible pour ses clients qui affluaient comme des papillons de nuit attirés par une flamme chatoyante.

Décontenancé, le juge Ti constata que L'Hirondelle ne paraissait nullement impressionnée de le rencontrer. Polie et réservée, elle avait simplement entendu dire qu'il était un dignitaire honnête et juste, apprécié de Sa Majesté. Le maire lui avait aussi recommandé de se montrer sous son meilleur jour pour cet « hôte de marque ».

« Le temps est beau aujourd'hui, Votre Honneur. Parfait pour un repas exceptionnel au grand air. »

Tout en parlant, elle commença à s'affairer autour du petit four en terre cuite qu'elle avait installé sur le pont, versant de l'eau fraîche dans des urnes et disposant les ingrédients sur une planche à côté.

D'après les témoignages récoltés en chemin, le juge Ti avait conclu qu'il était possible qu'il y ait eu une véritable histoire d'amour entre la jeune femme et Luo. Il avait également appris qu'elle possédait une très jolie voix et connaissait par cœur les chants populaires, notamment *La petite pousse de bambou.* Ces vers rythmés ressemblaient beaucoup à de la poésie. Le couple avait donc peut-être trouvé un langage commun. Luo avait pu être charmé par son talent, tout comme elle par le sien.

Pendant qu'elle cuisinait, le juge se mit à bavarder comme un client ordinaire. Il lui posa d'abord des questions anodines sur le menu, sur son commerce, son quotidien, avant de citer d'un ton innocent le nom de Luo.

À sa grande déception, elle répondit mollement qu'elle ne se souvenait pas de ce nom, « pas du tout », insista-t-elle en secouant la tête comme un tambour à boules. Mais elle avança vers la proue en murmurant :

Les fleurs de pêchers rougeoient
partout sur les montagnes,
où frémit l'eau de source
de la rivière Su.

Les fleurs se faneront, Seigneur,
aussi vite que votre flamme,
mais l'eau coulera toujours,
tout comme mon amour.

Elle avait une voix douce, mais chantait de façon mécanique, artificielle, et le juge Ti soupçonna le numéro de faire partie de sa prestation, au même titre que ses plongeons dans la rivière, ses prouesses de pêcheuse et ses dîners privés.

C'était une commerçante. Il était logique qu'elle ne se rappelle pas le nom de tous ses clients. Les rumeurs d'une histoire d'amour entre elle et Luo n'étaient sans doute que des ragots qui circulaient parmi les lettrés. Luo avait eu une vie difficile, ses admirateurs avaient eu envie d'ajouter une touche joyeuse et pimentée à une existence trop sombre. Le juge Ti songea avec amertume qu'il avait fait tout ce chemin pour rien. Son enquête piétinait.

Toutes ses recherches et ses efforts, toutes les informations obtenues par Jiong avaient abouti à une impasse.

Il contempla la fleur de jasmin blanche qui flottait dans sa tasse de thé, puis le dos nu de la jeune femme penchée sur ses fourneaux. Il remarqua un point noir qui ressemblait à une mouche collée sous son pied – à moins que ce ne fût une simple saleté? Il se dit qu'il menait probablement là sa dernière enquête. Il était trop vieux, sa vue baissait de jour en jour...

«Je ne suis qu'un vieil idiot sentimental, murmura-t-il avec ironie pour lui-même, espérant se tirer ainsi de son humeur maussade, un vagabond qui erre, hagard, au milieu des fleurs.»

À présent, il était pressé de descendre du bateau. Ça n'était pas le moment de paresser au bord de l'eau à déguster un repas de gourmet. Il avait assez perdu de temps.

Il se leva d'un bond en sentant de l'eau fraîche lui éclabousser les pieds. L'Hirondelle venait de plonger gracieusement dans la rivière où elle nageait à présent avec l'aisance d'une sirène, envoyant dans les airs des gouttelettes qui scintillaient comme des diamants dans la lumière déclinante. Elle s'apprêtait à pêcher le poisson du dîner.

Le maire avait dû lui donner des ordres précis. Elle avait intérêt à briller pour impressionner l'éminent fonctionnaire. Il se doutait bien qu'elle-même n'avait pas particulièrement envie de plaire à un vieillard ventripotent.

La surface de la rivière était redevenue lisse, sans la moindre ridule apparente. La pêcheuse avait disparu. Le juge n'était pas inquiet. Il avait entendu parler de ses extraordinaires talents de plongeuse.

Il ne pouvait s'empêcher de penser au destin de Luo. Debout à l'arrière du bateau, il poussa un profond soupir, toussa dans une rafale de vent et vit soudain la jeune femme jaillir de l'eau comme un poisson volant, chargée de bars, de perches et de crabes qui s'agitaient dans un filet attaché à sa taille menue. Ses bras et ses jambes battaient l'eau sans effort; ses plantes de pied rosies par la lampe du sampan glissaient à la surface à côté du plumage flamboyant d'une oie blanche surgie brusquement de nulle part comme pour compléter le tableau.

La pêcheuse susurra: « Oie, oie, oie... » en nageant près du mystérieux volatile qui tournoyait devant la proue du bateau. Le juge eut soudain l'impression d'avoir été à son tour transformé en oie par le regard foudroyant de la sirène. Il ne put s'empêcher de réciter mentalement les premiers vers du célèbre poème écrit par Luo dans son enfance.

L'Hirondelle se hissa sur le pont et d'un bond, plaqua ses deux pieds nus sur le sol, les yeux aussi ronds que ceux du juge Ti qui la regardait d'un air ébahi.

« Vous ne récitiez pas le poème de l'oie à l'instant, mademoiselle ?

– Vous le connaissez aussi, Votre Honneur ? Quand j'étais petite, j'ai souvent entendu des enfants le déclamer pendant qu'ils jouaient dans les jardins. Mes parents étaient trop pauvres pour m'envoyer à l'école, mais je garde un souvenir si heureux de cette époque. Hélas, je les ai perdus alors que j'étais encore très jeune.

– Je suis désolé d'apprendre que vous avez vécu de telles épreuves.

– À leur mort, j'ai dû subvenir à mes besoins toute seule. J'ai grandi près de la rivière, donc j'ai décidé de devenir pêcheuse...

– Je ne vois aucun mal à cela. Vous devriez être fière de votre réussite. Vous vivez de votre travail et de votre talent unique. »

Il se mit alors à réciter le poème de Luo en entier :

Oie, oie, oie,
Nuque courbée
l'oie chante,
haut vers le ciel,
plumes blanches flottent
sur les eaux vertes
et palmes rouges pédalent
dans l'onde claire.

« Oui ! C'est ça, Votre Honneur ! s'exclama la jeune femme avec enthousiasme.

– Tout le monde connaît ces vers. *Le chant de l'oie* peint le tableau naïf et ravissant d'un enfant et d'une oie qui se taquinent l'un l'autre. L'oie qui chante sur l'eau semble railler l'enfant bloqué sur la rive. Les enfants qui récitent ce poème s'amusent à courber la nuque et à imiter le cri de l'oiseau : "Oie, oie, oie !" tandis que, pour répondre aux moqueries des enfants, la grosse oie blanche nage avec vigueur et cacarde de plus belle.

– C'est exactement ça !

– C'est un poème brillant de simplicité. Les petits enfants qui babillent ne sont d'abord capables que de prononcer le son "oie", avant que d'autres syllabes viennent enrichir leur vocabulaire. La joie des enfants et le chant de l'oie se mêlent dans ces vers. Mais le poème n'a pas été écrit que pour les jeunes. Pour les adultes, il évoque l'innocence perdue et les regrets qui peuvent ronger le cœur.

– Votre interprétation le rend encore plus beau et plus profond. Merci beaucoup, Votre Honneur.

– C'est un petit chef-d'œuvre apprécié aussi bien par les gens de lettres que par les gens ordinaires. Savez-vous qui l'a écrit ?

– Non, qui ?

– Luo Binwang. L'homme dont je vous parlais tout à l'heure.

– Oh… encore ce nom.

– J'ai cru comprendre qu'il avait passé quelques jours avec vous sur ce bateau.

– Il a passé quelques jours ici ? » répéta-t-elle d'un ton incrédule, comme si elle s'interrogeait elle-même.

Au lieu de répondre, elle releva ses cheveux et les attacha à l'aide d'une épingle de bois. Puis, elle jeta deux ou trois crabes dans une marmite fumante et se mit à écailler le bar qui frétillait vigoureusement sur la planche à découper.

Le juge Ti comprenait pourquoi le poète avait eu envie de prolonger son séjour sur le sampan.

« Je crois que je me souviens maintenant, dit la jeune femme en relevant la tête. C'est sûrement lui. Il n'arrêtait pas de dire qu'il n'était qu'un lettré infortuné. Mais il ne m'a jamais donné son nom.

– Je vois.

– Quand il m'a récité le poème de l'oie, ça m'a touchée. Je me suis sentie obligée de faire quelque chose pour lui, à ma façon. En souvenir de mon enfance insouciante. La période était calme alors je l'ai laissé rester ici quelques jours… Si j'avais su qu'il était l'auteur du poème ! »

*

Le sampan dérivait tranquillement sur les eaux de la rivière.

L'Hirondelle s'affairait en cuisine, les vêtements encore trempés, le visage rougi par la chaleur du feu.

Bientôt, les plats arrivèrent sur la table de bois brut installée entre eux deux : des racines de lotus farcies au riz, enrobées de miel, le bar vapeur aux émincés d'oignon vert et de gingembre, un grand bol de soupe de riz au poisson parsemé de persil.

Le reste des crabes ficelés glougloutaient encore dans un seau tandis que dans un autre, une grande perche se débattait en projetant autour d'elle de fines gouttes d'eau. Elle les gardait pour un autre client, pensa le juge Ti.

Il leva ses baguettes, prêt à goûter le bar vapeur, quand la jeune femme l'arrêta d'un geste : « Attendez. » Elle se baissa pour parsemer le poisson de quelques pincées d'oignon vert, de gingembre doré et de poivrons rouges, puis ajouta un filet d'huile frémissante qui, en tombant dans le bol, révéla un mélange de parfums succulent. Le juge avala une bouchée incroyablement tendre au goût des plus raffinés.

« Vos plats sont à la hauteur de leur réputation », déclara-t-il avant de déguster une autre bouchée de poisson.

L'Hirondelle saisit le bol de soupe de riz fumante, y jeta une pincée de poivre blanc et le plaça devant son invité.

Il est difficile de devoir des faveurs à une beauté, disait le proverbe. Luo avait dû penser la même chose en compagnie de la petite pêcheuse.

Dans l'empire Tang, les poètes jouissaient d'un statut privilégié et de nombreuses jeunes filles en tombaient amoureuses. L'Hirondelle semblait échapper à la règle. Elle ne savait pas lire. Elle avait simplement été touchée par l'homme désabusé qui lui avait récité des vers de son enfance.

« Savez-vous ce qui m'a amené jusqu'à vous, mademoiselle ?

– Non, je n'en ai aucune idée.

– C'est un poème que Luo a écrit pour vous. »

Le juge Ti sortit aussitôt un rouleau de papier aussi long que sa robe et entreprit de lire un des poèmes que Jiong avait obtenus pour lui à l'aube de son départ :

En souvenir d'une beauté

À l'est, à l'ouest, les distantes rivières Wu et Shu,
et au-delà des cols et des montagnes
infranchissables, tu es trop loin, hélas,
pour que le poisson puisse te porter ma lettre
ou que l'oie sauvage te livre son message.
Rien d'étonnant aux longs ruisseaux de larmes
sur ton visage, tu te souviens
du temps où les nuages fiévreux
se sont changés en pluie brûlante, tourbillonnant
pour aller caresser les sommets escarpés.

De toute évidence, la jeune femme ne comprenait pas grand-chose aux allusions cachées dans les vers, mais elle écouta jusqu'au bout, d'un air confus.

« Ce poème a été écrit pour moi, vous dites ? Le poisson… mais comment un poisson aurait-il pu porter une lettre ? Et une oie sauvage ? Quelle idée !

– Ce sont des images courantes dans la poésie classique. Elles expriment la difficulté à communiquer avec ceux qu'on aime quand ils sont éloignés. Dans certains mythes ancestraux, le poisson et l'oie sauvage étaient chargés de porter des messages.

– Et que signifient les nuages et la pluie dont il parle à la fin ?

– Eh bien, cette image figure dans une ancienne rhapsodie écrite par Song Yu. Le poète l'emploie pour décrire l'étreinte amoureuse qui eut lieu entre le roi Huai de Chu et la déesse des monts Wu. Au comble du plaisir, les nuages blancs, délicats et vaporeux, se sont transformés en pluie battante, chaude et violente.

– Mais nous n'avons pas... »

Elle n'avait pas besoin de terminer sa phrase. Elle avait beau être illettrée, elle n'était pas bête. Malgré sa renommée, Luo était pauvre, elle ne pouvait le considérer comme un prétendant digne de ce nom. Tout au plus, pouvait-elle lui accorder quelques nuits. De plus, une pêcheuse à la réputation douteuse ne pouvait que ternir celle du poète et empêcher son ascension. D'ailleurs, il ne lui avait même pas donné son nom.

L'Hirondelle se retourna, se dirigea vers la cabine du bateau et au bout de plusieurs minutes, réapparut sur le pont.

« Je suis allée chercher un cadeau que cet homme m'a laissé. Je ne sais pas lire, j'ai honte de l'avouer, bredouilla-t-elle en sortant un parchemin qu'elle tendit à son hôte. Donc j'ignore totalement ce que ça dit. »

Au premier coup d'œil, le juge Ti comprit qu'il s'agissait d'un autre poème de Luo. Renonçant à son style habituel, il avait composé une sorte d'enchaînement de vers libres et passionnés qui n'était pas sans rappeler la *Rhapsodie à la déesse* de Song Yu ou la *Rhapsodie sur la nymphe de la rivière Luo* de Cao Zhi. Le juge Ti ne put s'empêcher de se demander si certains détails n'étaient pas nés de l'imagination débridée du poète qui, ivre et grisé par la présence de sa jeune muse, avait laissé son pinceau courir sans retenue sur le parchemin.

Pêcheuse

Un voyageur ivre, seul, trempé, glacé,
loup rongé par la faim,
est monté sur un sampan par une nuit d'orage,
là, une jeune et jolie pêcheuse l'a accueilli à genoux,
vêtue d'un simple corset mouillé
révélant la courbe de ses seins ;
à ses pieds nus des bracelets d'argent
tintaient devant la coque de bois,
vive, elle lui présenta les spécialités
de sa barque, cuisinière habile
vantant la recette secrète
de la perche fraîchement attrapée
frémissant dans l'huile bouillante,
la tête et la queue dépassant de la poêle.
Une trace de boue collée à la plante
de son pied arqué s'incrusta dans son esprit
quand, dans un mirage, il la vit
se métamorphoser en poisson frétillant
tiré hors du filet ou bien vit le poisson
se métamorphoser en fille.
« Faire frire une minute,
de préférence avec un glaçon entre les dents. »
Servi sous l'auvent de bambou,
la chair tendre et juteuse
fond dans la bouche, tandis que les yeux globuleux
roulent une fois ou deux – à moins que la vision

ne fût le fruit de son esprit troublé.
Le poisson retransformé en fille saigne
et se débat, à terre il suce
son minuscule orteil comme un morceau délicat
de joue de poisson vivant.

C'était un poème complexe, fiévreux. Le juge Ti eut envie de le lire une deuxième fois plus attentivement, à la lumière d'une bougie neuve que L'Hirondelle venait de poser devant lui. Tout en pianotant sur le bois de la table, il plongea de nouveau dans les vers.

Selon toute vraisemblance, il s'agissait d'un fantasme sexuel de Luo surgi pendant qu'il observait la jeune femme en train de préparer les plats sur le pont. Un certain nombre de détails pouvaient avoir été empruntés à la réalité, comme les bracelets de chevilles ou les yeux du poisson agonisant.

Le juge Ti reporta son attention sur la perche qui gigotait dans son seau et se demanda si la cuisinière comptait s'en servir pour réaliser la recette du poisson aux yeux roulants du poème. Luo n'avait sans doute montré ces vers à personne. Comme L'Hirondelle était analphabète, le juge Ti était le premier à les lire. Pour un collectionneur de poésie, rôle qu'il avait déjà endossé dans l'affaire Xuanji[1], ce parchemin devait avoir une valeur inestimable, d'autant plus qu'il s'agissait d'un manuscrit autographe.

Un éclair de lumière fendit soudain l'obscurité, traça dans l'air un arc de cercle aveuglant et l'instant d'après, L'Hirondelle chancela, tituba et tomba lourdement sur

1. Cf. *Une enquête du vénérable juge Ti*, Qiu Xiaolong, trad. Adélaïde Pralon, Liana Levi, 2020.

le pont. Le plat qu'elle tenait à la main se brisa en mille morceaux sous les yeux médusés du juge Ti qui n'avait pas eu le temps de prononcer un mot ni de faire un seul geste sur le sampan tremblant.

Un couteau oscillait dans le cou blanc de la jeune femme et un mince filet rouge ruisselait sur le sol. Sur le sampan qui dérivait toujours, L'Hirondelle reposait dans une position grotesque, le sang dégoulinant sur sa poitrine à moitié découverte. Le juge Ti attrapa délicatement son poignet mouillé et constata qu'il ne pouvait plus rien pour elle. Cette réalité lui fendit le cœur.

Une brise fit frémir les saules pleureurs qui bordaient la rive comme si la nature tout entière prononçait une triste et douce élégie. L'oie sauvage réapparut et s'approcha du bateau comme pour pleurer la morte. Hébété, le juge Ti contempla un instant l'animal qui s'éloignait déjà avant de disparaître dans la nuit.

Un autre éclair de lumière traversa le ciel. Le juge bondit, effrayé.

C'était un deuxième couteau auquel avaient été fixés un crochet et une longue corde. L'arme atterrit avec une précision redoutable sur le parchemin posé sur la table, puis, d'un coup sec, emporta sa prise avec elle.

Le juge Ti frissonna en apercevant un autre sampan couvert d'une capote noire qui suivait discrètement le sien. L'embarcation faisait à présent demi-tour et filait sur les eaux comme un vaisseau-fantôme.

Au même instant, le juge Ti entendit quelqu'un plonger dans la rivière et battre l'eau de toutes ses forces. C'était Yang venu porter secours à son maître.

Trop tard, se dit-il avec amertume.

Dans le silence qui suivit, il repensa à un passage du *Sūtra du diamant* qu'il avait lu au cours d'une autre enquête, après que le moine-poète Han San lui avait remis une copie du texte. *Nous étions entourés d'apparences et si nous nous attachions trop à elles, nous ne pourrions jamais voir au-delà des vanités du monde de la poussière rouge.* Ces mots l'avaient profondément marqué. Tout en les récitant à voix basse, il étouffa un sanglot. Il se sentait soudain terriblement impuissant, incapable de mettre en pratique les préceptes du moine.

> *Comme les étoiles, les mouches volantes ou la flamme d'une lampe,*
> *Comme une illusion magique, une goutte de rosée ou une bulle,*
> *Comme un rêve, un éclair ou un nuage :*
> *Ainsi devrait-on voir tous les phénomènes conditionnés.*

La tradition voulait que les moines bouddhistes récitent des textes sacrés pour les morts. Les mains jointes, ils comptaient les perles de leurs colliers *mala* et se prosternaient plusieurs fois vers le sol. Mais le juge Ti se dit que le moment était mal choisi pour ce genre de rituel.

Enveloppé dans le manteau noir de la nuit, il entendit le glouglou des crabes qui crachaient des bulles dans leur piège fermé par un couvercle de sésame. La perche glissa hors du seau renversé et sautilla sur le pont avant de replonger dans les ténèbres de la rivière.

Elle, au moins, était sauvée.

Voyage au temple

Fleur de lotus sur le lac sinueux

Le parfum léger des fleurs de lotus
vient encercler le lac sinueux, tapissé
de rondes feuilles de lotus
sur de rondes feuilles de lotus.
Je redoute l'arrivée précoce
du vent d'automne. Avant que tu puisses
apprécier pleinement l'abondance florale,
tout pourrait bien tomber, faner…

Lu Zhaolin

Quand le juge Ti se réveilla après une nuit agitée, il avait les paumes moites à force d'avoir vainement essayé de chasser dans son rêve une chauve-souris sifflante qui entrait et sortait de sa chambre.

Assailli par une angoisse dévorante, il vit poindre les premières lueurs grises de l'aube. Encore une fois, il se sentait perdu au milieu de la superposition déroutante de la réalité et des apparences.

Quelques jours plus tôt, il s'était dit: «Je n'ai pas tué Hua, mais Hua est mort à cause de moi.» C'était alors l'interprétation la plus plausible. Cette fois, il n'y avait pas l'ombre d'un doute: «Je n'ai pas tué L'Hirondelle, mais elle est morte à cause de moi.»

Elle faisait partie des conséquences funestes de l'enquête ordonnée et orchestrée par l'impératrice. Il avait beau se rassurer, il ne pouvait nier le rôle qu'il jouait dans l'histoire, involontairement ou non, et sa part de responsabilité dans ces tragédies.

Yang installa un petit brasero devant l'auberge et insista pour que Ti enjambe trois fois le feu. Ce rituel superstitieux était censé chasser le mauvais œil et les mauvais esprits. Leur voyage était ponctué de malheurs et de morts violentes. Il était temps de mettre un terme à l'hécatombe.

Le maire Qian arriva à la hâte dans un palanquin de bambou pour faire ses adieux au juge.

«Je suis désolé de ce qui est arrivé hier, Votre Honneur. Votre frayeur a dû être immense. Vous m'en voyez terriblement navré. Je m'engage à lancer une enquête minutieuse et à élucider la mort de la petite pêcheuse au plus vite. Vous avez ma parole.

– Ne vous inquiétez pas pour moi, répondit le juge Ti sans vouloir entrer dans les détails du meurtre auquel il avait assisté. Peut-être que c'était moi que les assassins visaient et qu'une innocente est tombée à ma place. Si je n'étais pas si pressé de répondre aux exigences de Sa Majesté, je serais resté afin d'enquêter avec vous. Cette jeune femme est morte devant moi, sur le pont de son sampan qui dérivait sur les eaux. Je n'ai pas tué L'Hirondelle, mais elle est morte à cause de moi.

– C'est très noble à vous de m'offrir vos services, Votre Honneur, mais ça ne sera pas nécessaire. Je mettrai tout en œuvre pour élucider cette affaire, croyez-moi.»

*

« Où allons-nous aujourd'hui, maître ? demanda Yang dès que le maire se fut éloigné.

– Au temple Dingguo.

– Encore un long voyage ! Plus d'une journée de route, je dirais. Je connais bien cet endroit car un de mes oncles habitait la région.

– Pour changer, nous logerons au temple pendant quelques jours. Tu dois aussi être fatigué de me conduire ici et là.

– Qu'est-ce que… » commença Yang sans oser demander à son maître quelle idée saugrenue il avait en tête. Le vieil homme avait souvent une longueur d'avance sur lui.

« Chez les lettrés, les séjours dans les lieux sacrés sont très prisés, très en vogue même. Plusieurs poètes célèbres comme Men Haoran ou Wang Zhihuan ont inscrit des vers sur les murs des temples où ils sont passés, paraît-il. Il y a aujourd'hui des gens qui vont visiter ces sanctuaires uniquement pour pouvoir lire et recopier leurs poèmes.

– Prévoyez-vous aussi de laisser une trace sur les murs du temple ?

– Je ne suis pas assez fou pour me comparer à ces grands hommes. Je n'ai pas écrit un vers digne de ce nom depuis des lustres. Si j'inscrivais des vers de ma composition là-bas, les gens riraient de moi pendant des millénaires. Mais j'ai entendu dire que Luo Binwang aussi avait séjourné là-bas, donc les moines pourront peut-être m'en apprendre un peu plus sur lui. Le moindre détail pourrait s'avérer décisif.

– Si tel est votre désir, je suis prêt à vous emmener là-bas, conclut Yang non sans une pointe de résignation dans la voix, mais après l'épisode du couteau volant et de la tête coupée dans la chaumière de Hua, je vous préviens, je ne vous quitte plus d'une semelle.

– C'est entendu.

– En route, alors ! Installez-vous confortablement, maître. »

Comme dans le poème de Luo, une cigale invisible se mit à striduler dans les bois qu'ils laissaient derrière eux.

*

Le coche filait sur la route, plus vite encore qu'auparavant.

Le juge Ti ouvrit le rideau. L'air lui manquait.

La route s'élargissait, surplombant un panorama resplendissant de montagnes encore mouillées de pluie. Des nuages blancs dessinaient des volutes nonchalantes vers l'horizon lointain. La nature enchanteresse semblait s'efforcer de compenser les horreurs d'un monde sanguinaire.

Un petit animal écarlate surgit d'un bosquet et courut le long de la route de terre – un renard roux, sans doute. Le juge Ti se rappela que les gens traitaient souvent l'impératrice de renarde noire personnifiée, dotée de pouvoirs surnaturels proches de la sorcellerie. Il ne croyait pas aux superstitions, mais la récente suite d'événements lui procurait un profond sentiment de malaise. Tandis que le poète demeurait introuvable, trois individus, directement ou indirectement liés à lui, avaient été brutalement assassinés. Le meurtre le plus inexplicable était celui de la jeune femme sur le sampan. Bien que le juge Ti eût dit à Qian qu'il pensait en avoir été la cible, il n'en croyait pas un mot. C'était bien elle qui était visée. Mais pourquoi ?

Au cours des quelques nuits que Luo avait passées avec L'Hirondelle, il ne lui avait rien confié sur sa vie, même pas son nom. Quant aux poèmes écrits pour elle, ils n'avaient rien de politique. Enflammés, sentimentaux, ils semblaient avoir été composés sous le coup d'une inspiration soudaine. De nombreux poètes Tang avaient recours à l'hyperbole. Ils se laissaient emporter par l'émotion du moment et écrivaient les vers au fil du pinceau. Inutile d'y chercher un sens caché. Sans parler du fait que la pêcheuse analphabète n'avait jamais pu les déchiffrer.

Bientôt, la robe de coton bleue du juge fut trempée de sueur. Le coche cahotait toujours sur le chemin graveleux. Le magistrat se répéta qu'il devenait vieux. Il ouvrit la fenêtre de papier au plus haut et coiffa son bonnet noir pour se protéger des rayons du soleil.

Révélation

Pensées pour un ami dans la fraîcheur de la nuit

Matin après matin, je me tiens seul
sous les monts verdoyants, crépuscule
après crépuscule, je longe la rivière bleue, fredonne
un air inoubliable de mon ancienne patrie.
Familier de ces scènes, je songe
aux êtres chers au loin, trop loin, rêvant
de lever ensemble nos verres, chanter
et nous réjouir de la verdeur parfumée.

Wang Bo

La nuit commençait à tomber quand le juge Ti entra dans une nouvelle auberge. Il devait être assez tard. Une lanterne solitaire éclairait faiblement la façade et une nuée de feux follets dansait dans un champ à proximité.

Une fois dans sa chambre douillette, il alluma une bougie, sortit un rouleau de papier sur lequel il avait griffonné en route une liste d'hypothèses et l'étala sur la table. Après avoir entouré quelques noms au pinceau et tenté vainement de dresser entre eux des liens, il mit son ouvrage de côté. Terriblement frustré, épuisé, il se frotta vigoureusement les tempes pour tenter de chasser la migraine aiguë qu'il sentait poindre.

En regardant par la fenêtre, il ne put distinguer clairement aucun élément du décor qui l'entourait. Il entendait au loin la voix monotone, presque imperceptible, d'un moine qui chantait un texte sacré. Elle ne pouvait venir du temple Dingguo, se dit-il. Yang l'avait prévenu qu'il leur restait un bout de chemin à parcourir. L'incantation adopta alors un rythme saccadé ; elle s'arrêtait, reprenait, comme si elle suivait la cadence du bâton du veilleur taciturne qui frappait le sol au-dehors.

Le juge Ti ouvrit en grand la fenêtre et la maintint en place à l'aide d'une baguette de bois. La nuit était opaque. Au milieu du ciel d'encre, la lune ronde avait l'air suspendue sur les ailes d'un corbeau, présage aussi funeste que le renard noir, selon la croyance populaire.

Le juge Ti se rassit à sa table et se mit à écraser un bâton d'encre noire à la suie de pin sur la pierre à encre en espérant que l'odeur piquante lui éclaircirait les idées. Tout n'était qu'apparences, perçues d'un point de vue ou d'un autre, à un moment donné, à un endroit donné. La réalité était changeante, trompeuse.

Il soupira. Il avait passé la moitié de la nuit à essayer de rassembler les morceaux épars de son enquête sans obtenir une image nette de la situation. Il relisait et se remémorait les poèmes qu'il possédait encore, *L'Ode à la cigale, Adieu à un ami,* obtenu par Yang chez le libraire de la capitale et *En souvenir d'une beauté,* transmis par Jiong. Il retraçait inlassablement l'histoire des victimes et celle de Luo. Finalement, il reposa son pinceau sur la pierre à encre et tressaillit quand une étincelle jaillit de la chandelle vacillante. Le pinceau tomba et roula vers le mur où il déposa une tache d'encre. *Écrire sur les murs!* Était-ce encore un sinistre présage? Cette enquête avait commencé sous de mauvais auspices.

Hélas, personne ne pouvait allumer de bougie pour Ning, pour Hua, pour L'Hirondelle. Le juge Ti éteignit la chandelle entre ses doigts en se demandant si, dans l'agitation où il était, il parviendrait à trouver le sommeil. Il avait besoin de reprendre des forces pour affronter la journée chargée qui l'attendait.

À peine eut-il fermé les yeux qu'une nouvelle pensée l'assaillit. Il bondit hors du lit.

Il avait oublié un détail. Inquiétant et grave. En tant que juge aguerri, il aurait dû y songer plus tôt.

S'il était surveillé depuis son départ de la capitale, ses visites aux proches de Luo ne pouvaient qu'intéresser ceux qui le suivaient dans l'ombre. Il était fort possible que ces espions aient d'ailleurs été chargés d'une enquête parallèle. En d'autres termes, s'ils ne cherchaient pas Luo, ils avaient peut-être reçu l'ordre de récupérer, voire d'éliminer toute trace laissée par le poète, or le juge Ti représentait le moyen le plus efficace d'arriver à leurs fins. Alors que le magistrat rassemblait des indices et tentait de résoudre le mystère d'une disparition, les tristes émissaires adoptaient une approche plus radicale. Comme dans un vieux proverbe, pour eux, la solution consistait à arracher le mal à la racine. Quand un individu qui avait été en contact avec le poète recevait la visite du juge, ils allaient ensuite frapper à sa porte, fouiller sa maison avant de l'assassiner sans pitié.

Tout ça pour quoi? Probablement afin de mettre la main sur quelque objet précieux susceptible d'être en possession des victimes.

Le juge Ti se rappela alors un autre proverbe ancien, de la période des Printemps et Automnes : *Qui accumule en sa maison l'or et le jade n'en pourra défendre l'entrée.* Aux yeux de beaucoup, celui qui possédait des trésors inestimables méritait d'être attaqué et ceux qui convoitaient ses richesses se sentaient en droit de les lui arracher par n'importe quel moyen. Surtout quand la convoiteuse n'était autre qu'une souveraine de droit divin.

Cette hypothèse élucidait d'un coup le mystère de la mort de la petite pêcheuse. Elle avait été tuée à cause d'une « trace » que Luo aurait laissée chez elle. Cela expliquait le deuxième couteau, celui auquel avait été fixé un crochet, lancé dans le seul but de récupérer le parchemin. Tout s'était passé si vite. Dans le crépuscule, la visibilité était mauvaise. Les lanceurs se trouvaient forcément sur la rivière, sans doute sur un bateau tout proche.

Le juge repensa au bateau noir qu'il avait aperçu au moment où la jeune femme se vidait de son sang sous ses yeux ; il était à présent certain que les assassins étaient à bord et, vu la succession rapide des lancers, ils étaient au moins deux. L'objet qu'ils avaient voulu récupérer devait avoir une portée politique considérable. Il fallait des moyens importants pour planifier et exécuter une opération si minutieuse, le soir même de l'arrivée du juge sur les lieux.

Certains écrits de Luo s'étaient montrés capables de galvaniser les foules. Comment savoir ce qu'il avait rédigé depuis *L'Appel aux armes*? Peut-être avait-il emporté ses textes avec lui, mais il pouvait aussi les avoir confiés à quelqu'un d'autre, en le chargeant de les cacher.

Fort de cette nouvelle conviction, le juge Ti se demanda quelle stratégie adopter pour la suite. Il avait beau se creuser la cervelle, il ne parvenait pas à trouver de solution satisfaisante.

Comme dans un autre proverbe, il allait devoir traverser pas à pas les eaux troubles, marchant sur des cailloux aussi glissants que traîtres.

Écrire sur les murs

Dans les montagnes

Triste, le Yangtzé chante pour moi,
souffrant de hoquets dans son cours.
Le voyageur à des milliers de lis
brûle de retrouver son foyer,
plus encore quand vient le soir,
que le vent fait ses adieux à l'automne,
et que les feuilles jaunes tournoient
sur les collines et les vallées.

Wang Bo

Le lendemain matin, vers midi, à l'avant du coche, Yang se tourna vers le juge Ti : « Regardez, maître, au prochain virage, nous pourrons apercevoir le temple Dingguo. J'espère que là-bas, vous allez enfin vous reposer. La nuit dernière, la chandelle de votre chambre est restée allumée jusqu'à l'aube.

– Rassure-toi, je compte bien profiter de l'atmosphère calme et paisible du temple, on dit qu'elle favorise le repos, l'élévation de l'esprit et l'inspiration poétique. »

Yang resta silencieux. Il avait assez entendu parler de poésie dernièrement. Il craignait que son maître se transforme en pur intellectuel dont le seul bonheur sur Terre serait de réciter des vers.

Quelques instants plus tard, le long du chemin, les deux compagnons aperçurent des bannières couleur abricot flotter au vent. Le temple n'était plus très loin.

Alors que la voiture bringuebalait dans un autre virage, le juge Ti crut entendre le son d'une cloche – ou de plusieurs cloches –, un tintement mélodieux qui résonnait dans l'air.

« Il y a beaucoup de temples dans cette région. Ça me fait penser à un poème de Du Mu, remarqua-t-il avec un sourire amusé : *Parmi les quatre cent quatre-vingts temples / hérités des anciennes dynasties / combien au Sud sont aujourd'hui / enveloppés de brouillard et de pluie ?*

– Ça doit être la cloche du temple qu'on entend », ajouta Yang, plus terre à terre.

Le doux carillon se transforma soudain en un concert de cloches sonnées à l'unisson. Un appel urgent.

En passant la tête par la fenêtre, le juge Ti vit un carré de ciel embrasé, une fumée rouge qui éclipsait le soleil. Il observa un instant la scène avec confusion avant de comprendre ce qu'il se passait. Le temple était en feu.

« Attendez », conseilla Yang.

Tant d'événements étranges étaient survenus autour d'eux depuis qu'ils s'étaient lancés dans cette enquête. Le juge Ti acceptait avec résignation la réalité qui s'imposait à lui depuis plusieurs jours : tel un oiseau de malheur, partout où il allait, il apportait mort et désolation. Cette fois, avant même d'arriver à destination, il assistait impuissant à la destruction du temple par les flammes.

Il fallait mettre un terme à ce carnage. Mais comment?

« Attendons au bord de la route, Yang », proposa-t-il en essuyant la sueur froide qui perlait sur son front. Il avait la nausée. « Inutile de nous précipiter. »

Yang acquiesça vigoureusement. Il ne servait à rien de courir tête baissée vers le danger. « Que pouvons-nous faire d'autre, maître? marmonna-t-il avant de cracher trois fois par terre pour chasser le mauvais sort. Cette femme ne vous attire que des ennuis. »

Les deux hommes savaient très bien de quelle femme il parlait. Ce constat ne fit que renforcer le sentiment de malaise du juge. Il ne croyait plus aux coïncidences.

« Cette femme... » répéta-t-il en secouant la tête pour chasser cette pensée.

Une question se posait encore.

Que cherchait-elle?

Elle ne voulait certainement pas s'en prendre à lui, elle l'admirait, le respectait. Pourtant, elle lui avait caché ses véritables intentions.

« J'ai une migraine insupportable, déclara le juge Ti. Je vais te rédiger une liste d'herbes médicinales à acheter pour moi – une recommandation de Hua. Tu iras chez l'herboriste après être allé voir ce qu'il se passe au temple. »

Yang avait appris à obéir sans poser de questions. Fidèle à cette entente tacite, il prit la prescription et la glissa dans sa poche.

« Encore une chose », ajouta le juge Ti, préférant laisser « cette femme » de côté. « Aurait-on un linge ou une serviette blanche dans la voiture?

– Oui, maître.

– Apporte-le et noue-le autour de mon front. Ça soulagera peut-être ma migraine. »

Yang s'exécuta. Les gens de la campagne employaient fréquemment cette méthode, mais le serviteur s'étonnait de voir son maître le sceptique se mettre à jouer les herboristes savants et enrouler une serviette autour de sa tête comme un paysan souffreteux. L'image le fit sourire. Ironiquement, vu son âge, personne ne s'étonnerait de voir le ministre faible et invalide.

Yang s'empressa d'aller remplir une coupe d'eau fraîche dans un ruisseau qui gargouillait non loin. De minuscules poissons colorés y frétillaient, envoyant une ribambelle de bulles à la surface.

« Fais ce que tu as à faire, conclut le juge Ti en s'adossant contre un rocher gris avant de boire l'eau fraîche que son serviteur lui tendait. Va donc jeter un coup d'œil dans les environs. »

*

Alors que l'agitation autour du temple semblait enfin se calmer, une odeur âcre de fumée et de braise planait encore dans l'air.

Toujours assis contre un rocher, le juge Ti vit Yang revenir en courant de sa mission de reconnaissance. « J'ai fait le tour du temple rapidement, dit-il en essuyant du revers de la main son visage en sueur. L'incendie a été éteint, mais il y a pas mal de dégâts. Surtout près du jardin intérieur. Apparemment, le feu s'est répandu à toute allure. On pense qu'il n'y a pas eu de victimes, mais les moines et les villageois sont encore en train de fouiller les décombres.

– C'est déjà ça. »

Le juge Ti se leva, s'étira et tendit à Yang un mot qu'il avait rédigé pendant son absence. « Allons là-bas.

Montre ce mot à l'abbé. Dis-lui que ce voyage a eu raison de mes forces et que j'aimerais séjourner au temple le temps de me rétablir, si ça n'est pas trop compliqué pour lui de me trouver une chambre.

– Comment l'abbé pourrait-il refuser ? Votre présence sera un immense honneur pour lui et elle rehaussera le prestige du lieu. Mais vous êtes souffrant et épuisé, vous devriez descendre dans une auberge confortable, pas dans un bâtiment ravagé par les flammes.

– Je tiens à aller là-bas surtout parce que je sais que Luo y est passé. Nous ne sommes pas si loin de la rivière Wuding. Il a très bien pu se cacher dans les environs. »

*

Les moines n'eurent pas l'air surpris par la requête du célèbre juge. Rien d'extraordinaire au fait qu'un vieil homme soit victime d'un malaise au cours d'un long périple. Et ils avaient l'habitude de recevoir des visiteurs.

L'abbé Xukong, un nom qui signifie « Vanité », vieux moine de plus de soixante-dix ans à barbe blanche, accepta avec empressement la demande du magistrat. Il envoya un novice, Huanmi, ou « Désillusion », ouvrir le portail. Âgé d'une vingtaine d'années, Désillusion avait le visage carré et l'œil vif. Son corps, aussi grêle qu'une tige de bambou, flottait dans une robe de soie rouge à larges manches. Il s'inclina profondément devant le juge.

« Notre abbé vous prie de l'excuser, Votre Honneur. S'il n'avait pas été retenu par des affaires urgentes liées au tragique incendie, il aurait accouru pour accueillir un hôte aussi distingué que vous. »

Le juge descendit de voiture et entra dans le temple. Avec sa serviette blanche enroulée autour de la tête, ses cheveux gris et son front plissé par la douleur, il avait réellement l'air d'un vieillard malade, ce qu'il était, mais peut-être pas autant qu'il le laissait paraître.

Bien qu'une partie des bâtiments eût été réduite en cendre, le juge insista pour payer le prix fort et réserva deux chambres en précisant que son serviteur et lui resteraient jusqu'à ce qu'il soit parfaitement rétabli. Après la tragédie du jour, l'avance qu'il versa aux moines était plus que bienvenue, tout comme sa présence qui contribuerait à renforcer le prestige du lieu.

Yang porta en grommelant les bagages dans la chambre spartiate allouée à son maître. Les murs avaient été légèrement noircis par la fumée, mais la pièce était propre et bien rangée. La sienne était plus petite, ce qui ne le dérangeait nullement.

Souriant toujours jusqu'aux oreilles, Désillusion laissa les deux hommes s'installer.

« Vous auriez pu aller dormir ailleurs, maître, répéta Yang une fois que le moine fut hors de portée de voix. Comment voulez-vous qu'un temple à moitié brûlé vous offre le confort nécessaire ou des repas décents ?

– Premièrement, la cuisine végétarienne me fera sans doute le plus grand bien. Et puis, ajouta le juge après une courte pause, je me réjouis d'aller lire les poèmes écrits sur le mur du jardin.

– Si le mur est encore debout. »

En effet, Yang lui avait dit que le jardin intérieur avait été touché, mais une partie du mur avait peut-être échappé à la catastrophe. Il irait constater les dégâts par lui-même, ne serait-ce que pour tenter de déterminer la cause de l'incendie. Après tout, il pourrait à son tour laisser quelques lignes sur la chaux. Cette trace lui permettrait de prouver à l'impératrice qu'il avait parcouru des kilomètres à la recherche du poète disparu. Si elle avait bel et bien envoyé des espions à ses trousses, ceux-ci pourraient lui rapporter la nouvelle. Face à un tel système de surveillance, le juge Ti devait redoubler de prudence.

Dans la cour principale, un chat blanc endormi se prélassait comme un bienheureux. De temps en temps, il s'étirait et ronronnait, semblant avoir percé le sens ultime de l'existence.

Portée par la brise, une note d'une tristesse infinie s'échappait du jardin. En regardant par-dessus son épaule, le juge aperçut un moine au teint mat qui frappait une énorme cloche de bronze. Il eut l'impression d'avoir déjà entendu ce son, mais ne comprenait pas pourquoi il lui semblait soudain empreint d'une telle mélancolie.

*

Après une courte sieste et un bol de nouilles aux champignons sauvages et pousses de bambous fraîches, le juge Ti se sentit assez revigoré pour aller faire quelques pas dehors. Il portait toujours sa serviette blanche autour de la tête et s'appuyait sur une canne de bambou que les moines lui avaient prêtée.

Au centre de la cour, reposait une vaste urne de bronze où brûlait de l'encens. Elle avait été placée là à l'intention des pèlerins venus de loin. Le juge acheta un bouquet de bâtons d'encens et se prosterna trois fois devant l'urne.

Au milieu des vapeurs entêtantes, il fut soudain assailli par une nouvelle pensée. Il tourna brusquement les talons et regagna rapidement sa chambre. Les moines pourraient penser qu'il était encore trop faible pour rester longtemps debout. Il lui faudrait des jours pour se remettre sur pied.

« Tout va bien, Votre Honneur ? demanda Désillusion en accourant à sa porte, le visage crispé par l'inquiétude.

– Tout va bien. Je suis juste un peu fatigué. Au fait, ajouta-t-il sans détour, j'ai entendu parler des murs de votre jardin, couverts de poésies. Bon nombre d'écrivains célèbres y ont inscrit des vers, n'est-ce pas ?

– C'est vrai, beaucoup de poètes sont passés, mais pour l'instant, le jardin est dévasté. Il faudra attendre un jour ou deux avant que nous puissions en rouvrir l'accès, Votre Honneur.

– Je vois.

– De plus, je viens d'apprendre que des corps avaient été découverts dans les décombres.

– Des moines ?

– Non. Des visiteurs sans le sou qui ont trouvé refuge au temple. Bouddha, aie pitié d'eux.

– Emmenez-moi là-bas tout de suite.

– Mais vous êtes beaucoup trop faible.

– N'oubliez pas que je suis juge et enquêteur avant tout. Je dois me rendre sur les lieux de l'incendie. C'est mon devoir. »

Après l'incendie

En gravissant les remparts avec l'armée

La troupe puissante sur le mur de la ville
glace le sang et le cœur
de l'ennemi, l'eau de la rivière se soulève
pour porter l'impitoyable message,
je m'en vais au combat, vêtu
de l'armure des soldats. Si je triomphe,
j'entrerai dans la capitale de Chang'an
au milieu d'une foule en liesse.

Luo Binwang

En fin d'après-midi, le juge Ti retourna dans sa chambre, accablé sous le poids d'une fatigue aussi lourde qu'un tableau noir pendu à son cou. Pour une raison obscure, il pensait aux pancartes qu'on attachait au cou des criminels, sur lesquelles on inscrivait leurs méfaits, avant de les exhiber dans les tribunaux. L'image lui revenait soudain à l'esprit comme le souvenir d'un cauchemar qui refuse de disparaître.

Il retira ses pieds gonflés de ses bottes de brocart et enfila les chaussons en corde fournis par le temple en poussant un long soupir de soulagement. Il se prépara une tasse de thé Puits du Dragon, respira le parfum léger qui émanait de la coupe rustique et approcha son fauteuil de la fenêtre.

Au loin, une oie sauvage volait au-dessus d'un pavillon grisâtre, battant frénétiquement des ailes dans le ciel de plus en plus lourd. Le bras posé sur l'accoudoir, le menton dans la main, le juge Ti observa la scène lugubre tout en essayant de démêler ses découvertes.

La visite des lieux de l'incendie ne lui avait pas appris grand-chose. En contemplant avec chagrin les ravages causés par le feu, les inscriptions des célèbres poètes noircies par les flammes, il avait simplement réussi à extirper un morceau de papier à moitié brûlé de la main serrée, rigide, d'un corps carbonisé, méconnaissable, qui reposait dans le jardin.

Il se demandait si ce morceau de papier pouvait représenter un indice. Seuls deux ou trois caractères étaient encore vaguement lisibles, mais sortis de leur contexte, ils n'avaient aucun sens.

C'était peut-être simplement la lettre d'un être cher que la victime avait emportée avec elle avant de succomber dans les flammes.

Le juge Ti écrasa doucement son bâton à encre sur la pierre en dessinant de petits cercles. Parfois, ce simple geste mécanique suffisait à calmer son esprit. Il mouilla ensuite la pointe de son pinceau amidonné sur sa langue, le trempa dans l'encre noire et inscrivit une liste de questions sur une feuille de papier.

Après avoir scruté sa liste pendant de longues minutes, il fit tourner son pinceau et traça une ligne reliant certains caractères entre eux. Découragé, il reposa son pinceau.

« Même si une tâche te paraît impossible, si elle te semble juste, efforce-toi de l'accomplir », murmura-t-il en citant Confucius.

Il n'était qu'un lettré infortuné, se dit-il en se rappelant les paroles de L'Hirondelle à propos de Luo, ce qui était vrai et faux à la fois.

*

Yang était revenu au temple muni d'un grand baluchon de tissu rempli d'herbes médicinales. Il les déposa dans la chambre et entreprit de les faire bouillir selon les instructions de l'herboriste. Il avait emprunté aux moines un petit réchaud en terre. Il versa scrupuleusement les herbes dans un pot rempli d'eau et agita maladroitement la main pour attiser la flamme. Concentré, le front plissé, il ne quittait pas des yeux sa mixture.

Ça n'était pas la santé de son maître qui le préoccupait. Il savait que le juge ne croyait pas tellement aux vertus des plantes. Pourquoi faire mine alors de s'y intéresser ? Était-il possible que Hua l'ait converti en si peu de temps ? À moins qu'il ne s'agît encore d'un rôle que son maître endossait pour les besoins de son enquête.

Dans le pot, l'eau se mit à bouillonner. Yang baissa la flamme et attendit patiemment devant le feu comme un vieux moine. La décoction risquait de déborder à tout moment.

Une odeur agréable de plantes emplissait déjà la pièce quand l'abbé Vanité vint rendre visite au juge. Derrière lui, le moine Désillusion portait un panier de rotin à trois étages rempli de nourriture.

En voyant les deux moines, Yang se leva, s'inclina et se tourna vers le juge en disant : « Je surveille le feu, maître. Les herbes doivent bouillir pendant au moins quinze minutes. »

Par une étrange coïncidence, au même instant, le pot à petit bec se mit à ronronner comme un chat satisfait tandis que les herbes tournoyaient doucement dans leur eau frémissante.

L'abbé s'inclina à son tour en joignant les mains devant le juge : « Excusez-moi pour ce matin, Votre Honneur. Cet incendie nous a causé bien du souci, vous vous en doutez. Laissez-moi vous présenter Désillusion, mon élève. Il est jeune, mais débrouillard. Si vous avez besoin d'aide pendant votre séjour au temple, n'hésitez pas à faire appel à lui. » L'abbé esquissa alors un sourire rusé qui ratatina son visage plissé comme une noix. Son ricanement ressemblait à celui d'une vieille chouette blanche perchée dans les ténèbres impénétrables des bois.

« J'ai déjà rencontré votre disciple, rectifia le juge Ti. Il vient de m'emmener sur les lieux de l'incendie. Un jeune homme très débrouillard, comme vous dites.

– Vous auriez pu choisir un logis plus confortable, poursuivit l'abbé. Même si c'est un immense honneur pour nous que d'accueillir un ministre réputé, connu pour son intégrité et sa probité, un des grands favoris de Sa Majesté l'impératrice ! »

Le juge Ti eut la vague impression qu'il y avait un sens caché derrière la flatterie éhontée du vieil homme, mais il préféra ne pas creuser pour l'instant.

« Votre temple jouit aussi d'une excellente réputation, vénérable abbé. Un certain nombre d'illustres personnages y sont passés, surtout des poètes. Pour être honnête avec vous, j'ai choisi de rester ici afin d'admirer à loisir les vers inscrits sur les murs de votre jardin. J'en ai beaucoup entendu parler. J'essaie toujours de nourrir mon esprit. Et cet endroit est un havre de paix dont les cloches ancestrales évoquent toutes sortes d'histoires et de légendes issues de temps immémoriaux.

– C'est vrai, certains poètes ont séjourné ici, notamment Wang Bo et Luo Binwang. Hélas, la plupart des vers qu'ils nous ont laissés ont disparu dans l'incendie. »

Malgré son âge avancé, l'abbé se montrait perspicace. Dans le jeu de *go*, il existe plusieurs stratégies visant à exposer le jeu de l'adversaire. L'abbé avait dû se préparer pour cet entretien. Il avait fait sans doute exprès d'évoquer le poète disparu.

« Quel dommage ! » s'exclama le juge Ti, refusant de mordre à l'hameçon.

On aurait cru assister à un duel imaginaire entre deux pratiquants de tai-chi. Ils enchaînaient les attaques sans se toucher physiquement avec une adresse digne des plus grands maîtres de l'art martial chinois.

L'impératrice ne voulait certainement pas que le moindre vers de Luo reste inscrit sur les murs du temple. Ses poèmes rappelaient à tous les vices dont le rebelle l'accusait dans son manifeste. *Les écrits durent des milliers d'automnes*, avait dit un jour un sage poète Tang. Et ils attiraient des foules de visiteurs venus recopier les caractères tracés par leurs idoles – pendant des générations.

Était-ce une raison suffisante pour mettre le feu à un lieu sacré ? L'impératrice avait-elle osé donner un tel ordre à ses sbires depuis la capitale, à l'autre bout de l'empire ?

Le jeune moine était occupé à sortir un par un les plats chauds du panier de bambou vermillon et à les disposer soigneusement sur la table. Il les présenta à l'illustre visiteur sur un ton plein de fierté.

« Pour le déjeuner d'aujourd'hui, nous avons du porc braisé à la sauce rouge, des anguilles de rizière frites, des crevettes à la bisque de homard, des tendons de bœuf épicés, des têtes de lions vapeur…

– Vous aimez le paradoxe, observa le juge Ti. Vous me servez un repas végétarien, mais tous les plats semblent contenir de la viande ou du poisson…

– Ces noms de plats servent à éveiller l'imagination culinaire, expliqua l'abbé avec sérieux. Pour les riches mécènes qui s'arrêtent chez nous, la cuisine végétarienne représente une expérience nouvelle, inhabituelle. Le menu donne au festin un air plus sophistiqué, plus fastueux.

– Qu'y a-t-il dans votre "tête de lion" ?

– Ce sont des boulettes de tofu séché et pousses de bambou émincées à la fécule de maïs et au vin de riz cuites à la vapeur, expliqua Désillusion en mimant les actions de couper et de malaxer les ingrédients. Une recette qui s'inspire de la célèbre spécialité du Yangzhou, sauf que dans l'originale, on utilise de la viande de porc, bien entendu. Ensuite, au moment de servir, on ajoute des tranches d'oignons verts et de poivrons rouges.

– Qu'y a-t-il dans un nom ? philosopha l'abbé en levant ses baguettes noires pour inviter son hôte à goûter les plats. Dans le monde de la poussière rouge, il n'y a que des apparences, auxquelles nous donnons tel nom ou tel autre, comme si elles existaient réellement, comme si nous pouvions les saisir. Prenez le nom du jeune homme qui est assis avec nous, Désillusion. L'illusion n'est qu'une apparence et la désillusion aussi. Quand on a Bouddha dans le cœur, qu'importe ce qui est illusion ou désillusion, ce qui porte tel nom ou tel autre ?

– Bien dit, maître, approuva le disciple avec une admiration sincère. C'est pour ça que notre abbé m'a surnommé ainsi. Le nom n'est rien, l'absence de nom non plus. C'est ce que veut dire le nom Désillusion. »

Visiblement inspiré par cette discussion pleine de philosophie zen, le moine restait debout près de la table et hochait respectueusement la tête comme un serveur de salon privé.

Le juge Ti changea subtilement de sujet: « Vous savez, je suis laïque donc malheureusement encore trop attaché aux apparences. Par exemple, je ne peux m'empêcher de me demander comment s'est déclenché l'incendie qui a dévasté votre temple. C'est la saison des pluies. Le feu n'aurait pas dû se répandre si vite, de façon si incontrôlable.

– Notre temple est très ancien, répondit l'abbé avec réserve, et certaines structures de bambou peuvent prendre feu facilement. Par sécurité, dans le jardin intérieur clos, nos moines gardent de l'eau dans des urnes. Aussi invraisemblable que cela puisse paraître, c'est là que le feu est parti. Je ne sais que penser. En tant que juge expérimenté, vous seul êtes capable de faire la lumière sur cette sombre affaire, certainement plus que moi qui ne suis qu'un moine ignorant.

– Je suis dans le flou le plus total. C'est pourquoi... »

Une faible lueur vint éclairer les sombres pensées du juge. L'incendie avait-il été allumé par un individu qui se serait glissé dans le temple et qui aurait remplacé l'eau des urnes par un liquide inflammable ? Les murs blanchis à la chaux du jardin avaient été particulièrement endommagés. Le crime visait-il précisément les deux visiteurs anonymes ? Ou bien avaient-ils été assassinés avant que le tueur tente de faire disparaître leurs corps dans les flammes ?

« Je me sens encore trop faible pour entreprendre la moindre tâche, s'excusa doucement le juge Ti en pianotant sur la table en bois du bout des doigts. Mais laissez-moi vous poser une question : Avez-vous remarqué quelque chose de suspect au temple au cours des derniers mois ?

– Non, pas que je me souvienne.

– Laissez-moi formuler la question autrement. Y a-t-il eu des événements inhabituels ?

– Je ne crois pas, répondit l'abbé en grattant son crâne rasé, luisant dans le mince rayon de lumière qui s'immisçait dans la pièce. Tout ce que je peux vous dire, c'est que notre modeste sanctuaire a connu un certain afflux de visiteurs dernièrement. »

Le juge Ti hocha silencieusement la tête. Il n'était pas étonnant que les gens se pressent au temple pour admirer les poèmes laissés par Luo sur les murs.

Dans la dynastie Tang, peu de gens avaient les moyens de s'acheter des livres. La xylographie avait largement contribué à la diffusion des ouvrages, mais l'impression restait coûteuse. Les citoyens ordinaires se contentaient généralement de recopier les écrits à la main. Pour les textes courts, comme les poèmes, on avait inventé une technique particulière : dans les temples ou les jardins, on trouvait des tablettes de pierre de différentes tailles sur lesquelles étaient gravés les caractères. Les amateurs de poésie venaient coller des feuilles de papier sur ces tablettes afin d'y reproduire les œuvres. Les lieux attiraient ainsi les visiteurs prêts à payer leur droit d'entrée et peu à peu, un véritable marché littéraire lucratif s'était développé.

« En y repensant, il s'est tout de même passé quelque chose d'étonnant. Peu avant l'incendie, une délégation officielle est venue à l'improviste faire l'inventaire des biens sacrés du temple, se souvint l'abbé en fronçant les sourcils. Ils ont dit que c'était un contrôle de routine, mais ils ne s'intéressaient pas qu'aux objets sacrés. Ils sont entrés dans presque toutes les pièces, même dans la cuisine. Ils ont fouillé les lieux de fond en comble. » Si l'abbé avait des soupçons sur cette intervention, il se retenait de les formuler à voix haute.

« Sans doute une équipe extrêmement rigoureuse, observa le juge Ti avec diplomatie.

– Tenez, prenez donc une tranche d'anguille frite, interrompit Désillusion. Nos cuisiniers sont les seuls à connaître cette recette. Devinez de quoi est faite l'anguille ? C'est de l'aubergine. Cuite à la vapeur, séchée, puis frite. On y ajoute de la sauce au poisson et on fait à nouveau frire le tout. On obtient un plat croustillant et goûteux à souhait.

– Délicieuse, en effet, on ne dirait plus du tout de l'aubergine », se délecta le juge Ti après en avoir fourré une tranche dans sa bouche. Il hésitait à aborder le principal sujet qui l'intéressait.

« Vous avez dit tout à l'heure que Luo Binwang avait séjourné ici quelque temps, c'est bien ça ?

– Oui, il y a des années. Il était très pauvre, malgré sa notoriété. Il est venu chercher asile chez nous, nous l'avons logé et nourri gratuitement, en échange de quelques poèmes qu'il a inscrits sur notre mur. Depuis, ces vers sont devenus une des principales attractions du temple.

– Vous avez discuté avec lui ?

– Pas beaucoup. Luo est un homme ancré dans le monde de la poussière rouge ; moi, je n'en fais plus partie depuis longtemps. Il est cependant très érudit et nous avons débattu de plusieurs questions philosophiques. Il semblait éprouver un vif intérêt pour la pensée zen.

– J'ai rencontré Han Shan, un grand poète zen, s'exclama le juge Ti. J'ai beaucoup appris grâce à lui, ajouta-t-il en posant sa coupe de vin de riz sucré. Que pensez-vous de Luo Binwang ? En tant que poète et en tant qu'homme ?

– Je ne le connais pas assez bien pour le juger, mais je sais que c'est un homme qui a connu beaucoup de revers et de déconvenues. Il est trop plein d'énergie négative pour voir au-delà des apparences du monde tangible. Les succès et les échecs, toutes les choses et tous les êtres qui existent sur cette terre sont aussi évanescents que des volutes de fumées…

– Vous êtes plein de sagesse, l'abbé, conclut le juge Ti en espérant empêcher le vieil homme de se lancer dans un long cours sur le bouddhisme. Et Luo est-il revenu au temple depuis sa première visite ?

– Non, jamais. »

Le juge sentit qu'il était inutile de poursuivre ce duel invisible. Dès qu'il posait une question délicate, l'abbé l'esquivait par une remarque philosophique. On ne pouvait pas lui en vouloir. Mais on ne pouvait rien en tirer non plus. Pourquoi jouait-il ce rôle face à lui ?

« Dernière question, hasarda le juge Ti, savez-vous autre chose sur l'incendie ?

– Je vous ai tout dit. Et vous, avez-vous remarqué quelque chose de suspect sur les lieux ?

– Rien. Rien qu'un morceau de papier que j'ai arraché des mains d'un corps calciné. Je l'ai glissé dans ma poche, mais quand j'ai voulu l'en retirer pour le déchiffrer, il est tombé en miettes.

– Il était déjà tellement abîmé, intervint Désillusion. On ne pouvait plus lire qu'un ou deux caractères qui, sortis de leur contexte, ne voulaient plus rien dire. »

*

Une fois que l'abbé et son disciple eurent quitté la chambre, le juge regarda par la fenêtre de papier.

Dans la cour, un chat à poils longs pourchassait son ombre comme s'il débattait avec lui-même de la différence entre un chat et l'ombre d'un chat. Puis l'animal se tourna pour se frotter le dos contre un mur, se lécha les babines d'un air satisfait, se glissa le long de la balustrade et se roula en boule sur un banc de bois. Voyant que rien n'allait plus perturber le calme de la soirée, il sombra en ronronnant dans un sommeil bienheureux.

Le juge Ti se dit qu'il ne servait à rien d'inquiéter Yang pour l'instant en partageant avec lui les hypothèses qui s'accumulaient dans sa tête. Il se demanda encore en soupirant quelle était la « chose juste » à faire.

Il se mit à pleuvoir. Le juge Ti but une gorgée de thé vert et écouta la pluie crépiter sur les avant-toits. Dans le monde de la poussière rouge, les gens se perdaient dans les apparences des joyeuses retrouvailles, des tristes adieux, dans des temps et des lieux définis. En cet instant, pour le juge Ti, rien ne semblait plus exister que les petites clochettes qui tintaient sur les avant-toits luisants du temple, en harmonie avec la pluie qui tombait sur la cour, goutte après goutte, à un rythme parfaitement régulier.

Rêve sur un banc

Adieux à Du envoyé en poste dans la province de Shu

Au loin, les trois royaumes
protègent la capitale,
je te fais mes adieux,
t'imagine voyageant
sans relâche dans le vent
et la brume jusqu'à ton nouveau poste.
Le moment du départ est pénible
alors que nos vocations nous appellent
ailleurs tous deux.
Un bon ami fidèle,
vivant au bout du monde,
semblera toujours aussi proche
que le voisin d'à côté.
Ne laisse pas l'émotion t'emporter,
ne sanglote pas comme un enfant à la vue
de la route qui se sépare devant nous.

Wang Bo

Dès les premières lueurs de l'aube, le juge Ti sortit du temple, inspira une grande bouffée d'air frais face aux collines bleutées et coiffa un chapeau de bambou tressé par un vieux moine dédié à cette occupation. Dans la cour, au milieu de piles de chapeaux, l'homme découpait les tiges de bambou d'un coup sec à l'aide de sa machette. En apercevant l'éminent visiteur, il leva les yeux et lui adressa un sourire édenté.

Marcher seul aidait souvent le juge à mettre de l'ordre dans ses idées et à prendre du recul sur un problème épineux. Un ruban de verdure s'étirait paresseusement vers l'horizon encore gris. Le décor était enveloppé d'une brume opaque. De hautes herbes humectées de rosée se dressaient des deux côtés du sentier, scintillantes, pareilles à des myriades d'yeux curieux qui se plissaient sur son passage.

Fatigué après seulement quelques pas, il bâilla et s'étira. Il arriva péniblement au temple érigé à mi-hauteur de la colline. Il avançait prudemment sur l'étroit sentier glissant qui surplombait une vaste étendue de rizières. Le bruit d'une minuscule pomme de pin heurtant le sol vint briser la tranquillité du lieu et au même instant, le juge Ti vit Yang qui accourait vers lui, pareil à une ombre protectrice, à l'opposé des ombres menaçantes qui le suivaient en secret. Tandis que la silhouette du serviteur approchait à grands pas, un rayon de soleil surprit un lapin brun, tout étonné d'être soudain à découvert.

Pour des raisons parfois inexplicables, il nous arrive de jouer un rôle et au bout d'un moment, c'est le rôle qui se joue de nous, parfois sans que nous en ayons conscience. C'était peut-être le cas de Yang qui, en plus d'être un serviteur dévoué, était devenu au fil du temps un enquêteur auto-proclamé, têtu et tenace, et un garde du corps vigilant, deux rôles dont il ne pouvait plus se défaire.

Le juge Ti songea avec ironie que lui-même n'avait pas choisi les rôles qu'on lui avait assignés, notamment celui qui l'avait conduit à mener cette enquête déplaisante. Un concert de cloches porté jusqu'à lui par la brise vint interrompre le fil de ses pensées.

«Je n'ai pas de travail pour toi ce matin, Yang, déclara-t-il quand son serviteur fut arrivé à sa hauteur. Tu peux me préparer un autre remède à base de plantes, si tu as le temps. J'ai envie de me promener seul un moment.

– Ne vous éloignez pas trop, maître. Les sentiers sont dangereux par ici.»

*

Le juge Ti arriva bientôt à un croisement. Impuissante est la route qui se sépare devant nous, songea-t-il. Devait-il aller à gauche ou à droite? Peu importait. Comme aurait dit l'abbé philosophe, ne pas avoir de but était peut-être le but ultime. La journée était chaude. Il commençait à transpirer, mais il ne se sentait pas le cœur de retourner dans sa cellule de moine où toutes ses questions l'assailliraient de plus belle. Il se laissa guider par le hasard et prit à droite sans réfléchir.

En repassant dans son esprit les différents rebondissements de l'affaire, il revenait sans cesse à l'hypothèse selon laquelle cette mission visait surtout à récupérer un objet qui aurait été en possession du poète ou de personnes entrées en contact avec lui.

Seule Ning, la femme de chambre de l'ancienne impératrice, ne l'avait pas rencontré, mais l'impératrice Wu devait l'avoir placée sous haute surveillance depuis longtemps. La souveraine avait-elle eu vent de son entrevue avec le juge? Sa mort était survenue le lendemain. Aucune preuve ne permettait d'affirmer à coup sûr qu'il s'agissait d'un meurtre, mais c'était très probable.

Les hauts arbres qui se dressaient le long du sentier offraient un ombrage salutaire. Des buissons colorés et des bosquets de bambous venaient ponctuer le décor. Les gouttes de rosées observaient toujours le promeneur de leurs milliers d'yeux éblouis.

Ignorant depuis combien de temps il marchait, le juge Ti commença à craindre de s'être égaré. Quand il regarda derrière lui, il crut cependant apercevoir au loin les toits jaunes du temple.

À la sortie d'un virage, il fut surpris d'apercevoir un banc de bois brut. Gagné par une vague de fatigue, il s'assit avec soulagement. Appuyé contre le dossier raide, il ferma les yeux et s'assoupit au milieu du bourdonnement incessant d'une armée de moucherons.

Il se trouva soudain face aux silhouettes irréelles de Luo et de L'Hirondelle, en plein rendez-vous romantique sur le sampan de la pêcheuse. Le bateau glissait sur les rides de l'eau tandis que les deux tourtereaux roucoulaient, tête contre tête. « *La lune claire comme le givre, / la brise douce comme de l'eau, / scène d'une beauté ineffable, / poisson qui saute dans le lac arrondi, / rosée qui brille sur les feuilles de caroube.* »

La scène s'effaça pour céder la place à une rencontre entre Luo et le juge Ti, sur le même bateau. L'Hirondelle avait disparu, mais on entendait quelque part dans le noir sa voix douce qui continuait à chanter *La Petite pousse de bambou.* Les deux hommes étaient en pleine discussion animée.

« C'est une femme vicieuse, cupide, pervertie, s'écriait Luo sans mâcher ses mots avant de boire une gorgée de vin écarlate. Et c'est à vous qu'elle a choisi d'accorder sa confiance. Vous aurez beau vous démener pour résoudre cette enquête, je peux vous garantir qu'elle n'aboutira à rien.

– Je ne comprends pas ce que vous voulez dire. Mais abordons le problème autrement. Mettons qu'elle obtienne ce qu'elle veut. Je parle de la véritable raison qui l'a poussée à me confier cette mission.

– De quoi parlez-vous, noble juge ?

– Si son but secret était de récupérer quelque chose que vous détenez ou que vous avez confié à quelqu'un, une fois en possession de cet objet précieux, que fera-t-elle ? Et si elle venait à croire que vous avez véritablement disparu de la surface du monde, alors quoi ?

– Pouvez-vous préciser votre pensée, Votre Honneur ?

– Supposons que dans mon rapport à l'impératrice, je lui annonce que vous avez péri dans l'incendie du temple et que je n'ai pu sauver qu'un morceau de papier calciné des décombres…

– Je ne vous suis toujours pas, légendaire magistrat. »

Le juge Ti se lançait alors dans une série de suppositions à propos des tragédies qui s'étaient produites tout au long de son périple. Le silence retombait sur le bateau qui dérivait toujours sur les eaux sombres, au milieu de poissons morts qui regardaient les deux hommes de leurs yeux fixes et troubles.

« Vous pensez que cette femme maléfique pourrait se désintéresser de mon sort sans jamais connaître la vérité ? demandait Luo en hochant la tête d'un air incrédule. Vous croyez vraiment que ça peut fonctionner ?

– Faites-moi confiance. Je prends un risque énorme – au moins autant que vous. Comme dit le vieux proverbe, *la compagnie d'un empereur est aussi dangereuse que celle d'un tigre.* Il en va de même pour les impératrices, surtout la nôtre. Il est vrai qu'elle se fie à mon jugement, mais elle se montre aussi méfiante envers moi. N'oubliez pas qu'elle a eu des soupçons à l'égard de ses propres fils ; on raconte qu'elle n'a pas hésité à les bannir et à les faire exécuter. Vous ne serez pas étonné de l'apprendre, j'imagine.

– Vous seriez réellement prêt à m'aider ?

– Je ne le ferais pas seulement pour vous, mais pour tous ceux à qui la colère de l'impératrice a coûté la vie, même si je me doute bien que vous n'avez jamais voulu leur causer du tort. Il y a d'abord eu Ning, Hua, L'Hirondelle et les deux inconnus du temple. Je leur ai dit à tous : "Je ne vous ai pas tués, mais vous êtes morts à cause de moi." Tant que l'impératrice restera persuadée que vous vous cachez quelque part, elle ne cessera de remuer ciel et terre pour vous retrouver et d'autres innocents en paieront le prix.

– Vous avez aussi entendu parler de ses mœurs scandaleuses ? »

La question arrivait à brûle-pourpoint. Luo reconnaissait-il à demi-mot qu'il avait en sa possession quelque chose qui pourrait nuire à la réputation de la souveraine ?

Un bruit tonitruant tira brutalement le juge de son rêve étrangement réaliste, et il dégringola du banc pour se retrouver sur la terre du sentier. Les scènes qui lui étaient apparues dans son demi-sommeil auraient pu avoir lieu dans la vraie vie. Les arguments qu'il avait soumis au poète auraient pu sortir de sa bouche, si l'entrevue avait réellement eu lieu.

Ce rêve était certainement né de son désir pressant d'en finir avec cette enquête. Il ne pouvait supporter l'idée d'être responsable de nouvelles catastrophes.

Avait-il inconsciemment songé à inventer un tel mensonge ? Il ne se l'était jamais formulé clairement, mais l'idée devait avoir germé dans son esprit.

Il ne fallait pas se fier aux rêves, mais il ne pouvait s'empêcher de se demander où l'aurait mené cette discussion. Nulle part sans doute. À la fin, il était simplement tombé du banc, se heurtant violemment à la dure réalité. Sans ce réveil brutal, il n'aurait sûrement pas réussi à convaincre le poète. Leurs logiques n'étaient pas les mêmes. Et la logique de l'impératrice n'était pas celle du juge. Chacun voyait midi à sa porte, chacun avait sa vérité.

Le juge Ti se leva, balaya la poussière de sa longue robe et, encore désorienté par ses visions, décida de se remettre en route. Il marchait sans but, comme un aveugle sur un cheval aveugle qui se dirige vers l'extrémité d'une falaise invisible avant de chuter dans un gouffre sans fond.

*

Le juge Ti continuait à suivre les méandres du sentier quand il entendit un gargouillis léger, mais bien réel, qui lui fit penser qu'un cours d'eau coulait non loin de là.

Il hésitait à rebrousser chemin et à retourner au temple afin d'y réfléchir à l'affaire avec un regard nouveau, celui qui lui était venu en rêve.

Il y avait cependant un point à prendre au sérieux, même en rêve. Plus l'enquête traînait, plus le nombre de tragédies risquait d'augmenter. L'impératrice ne renoncerait jamais et elle avait un cœur de pierre.

En même temps, le juge Ti redoutait la conclusion. Quel but servait-il? Quels intérêts? Quoi que l'impératrice eût à cœur de récupérer, peu lui importait. Il n'aurait jamais dû se mêler de cette histoire, comme Yang n'avait cessé de le lui répéter depuis le premier jour.

Après tout, ce qu'il avait suggéré à Luo dans le monde des songes était peut-être ce qu'il avait intérêt à faire dans la vraie vie. Trouver une conclusion satisfaisante pour l'impératrice.

Et pour lui aussi.

*

Alors qu'il s'engageait sur un sentier bordé d'épais bosquets de bambous, le juge Ti crut entendre des rires d'enfants froisser les branches frémissantes, à travers lesquelles il aperçut un ruisseau aux berges tapissées d'herbes verdoyantes et de plantes luxuriantes. Tapi derrière les arbres, il retint son souffle et tendit le cou pour observer la scène.

Quatre ou cinq enfants gambadaient en tous sens, jouaient à cache-cache, sautillaient et chantaient avec la plus grande insouciance. Ils agitaient les mains en direction d'une troupe d'oiseaux qui nageaient sur les eaux, semblant les imiter: « Oie, oie, oie… »

Le juge Ti bondit. Fasciné, il fixa des yeux la joyeuse bande, l'oreille tendue.

Sur la rive d'en face, il remarqua alors un homme plutôt grand, émacié, aux cheveux blancs, assis dans un fauteuil en rotin. Il avait l'impression de le connaître. Le vieillard n'avait pas dû le voir car son visage blême, hagard, restait parfaitement impassible. Une raideur dans son corps l'empêchait de s'asseoir correctement.

Il restait assis sur le bord du fauteuil, dans une position qui avait l'air très inconfortable, sans ciller. Était-il possible qu'il porte les séquelles d'une maladie ou d'une blessure ancienne ?

Pouvait-il s'agir de Luo Binwang ?

La question frappa le juge comme la foudre fendant un ciel bleu azur. L'espace d'un instant, il fut trop sonné pour réfléchir.

Il n'avait jamais rencontré le poète et dans son rêve, sa silhouette était restée floue. Il avait vu plusieurs portraits de lui, glissés dans le dossier que l'impératrice lui avait confié au début de sa mission. Il se persuada qu'il y avait une certaine ressemblance entre ces dessins et l'homme apparu soudain de l'autre côté du cours d'eau.

Que faire ?

Bien sûr il pourrait traverser le ruisseau en marchant sur les pierres et interroger le vieillard.

Et ensuite ?

Même si c'était lui, à quoi aboutirait cette rencontre ?

Comme dans son rêve, le juge Ti ne voyait pas comment changer les opinions de Luo ni le persuader de coopérer avec un allié de la souveraine qu'il haïssait.

Il n'était pas question non plus de le contraindre à retourner au temple avec lui. Le juge n'était pas de taille à employer la force, même face à un invalide. Il était à peine plus vaillant que ce vieillard.

Il pouvait rentrer rapidement et aller chercher l'aide de son serviteur. Mais le temps qu'il revienne, l'homme aurait sûrement disparu.

Et si, par chance, il réussissait à traîner Luo jusqu'à la capitale, jusqu'à la salle du trône où Sa Majesté exerçait ses volontés sans entrave… Qu'adviendrait-il du prisonnier ?

Le juge Ti n'osait y penser.

*

Il rebroussa chemin et s'éloigna prudemment du ruisseau, le front perlant de sueur. Il marchait à pas lents, silencieux.

À une certaine distance, il ne put s'empêcher de regarder par-dessus son épaule en direction du vieil homme.

Était-il encore le juge Ti ? En cet instant fugace, peut-être pas, se dit-il.

Il allait devoir faire preuve d'imagination comme jamais auparavant. Inventer une histoire qui contenterait l'impératrice.

Il pourrait dire qu'au cours de ses recherches, sur les lieux de l'incendie du temple, il avait réussi à récupérer un fragment de document aux caractères à peine lisibles. Le sens de ces caractères, quoique difficilement déchiffrables, serait transmis à la souveraine comme un gage de bonne foi. Avec un peu de chance, cette preuve suffirait à lui faire croire à la conclusion de son ministre. Il ne s'inquiétait pas de son propre sort. Il se sentait terriblement fatigué, usé, et accordait peu d'importance à l'avenir.

Alors qu'il approchait d'une clairière perdue au milieu de la forêt, il s'arrêta pour réfléchir. Il ramassa une brindille et traça trois « fragments » de texte sur le sol sableux. Son esprit était dans un tel état d'ébullition qu'il lui fallait transcrire ses pensées sur-le-champ. Il était à peu près certain que l'impératrice avait entendu, peut-être même lu, des extraits de ce texte :

« Journal de X... »
« Une fois dans ma vie, j'aurai su ce que c'est... »
« Cette chienne insatiable gémissait comme une... »

Plus tôt, dans son enquête, le juge Ti avait entendu ces phrases, soi-disant écrites par le moine Xue dans son journal. La dernière était le fruit de son imagination, mais elle collait avec les caractères du fragment calciné. Elle aurait très bien pu être rédigée par l'amant dévoyé. Si quelqu'un s'emparait du journal rempli de détails scabreux sur la vie intime de la souveraine, son image serait irrémédiablement démolie et la stabilité de l'empire grandement menacée. L'impératrice cherchait sans doute par tous les moyens à détruire cette arme fatale.

Vu les critiques acerbes et précises émises par Luo dans son manifeste, elle avait des raisons de soupçonner le poète d'avoir eu accès aux confessions du moine dépravé, voire à d'autres pièces à conviction accablantes. Cela expliquait qu'elle ait confié l'enquête à un magistrat de confiance et ordonné à ses espions d'éliminer tous ceux que le juge interrogeait. Elle espérait qu'ainsi, toute fuite potentielle, toute rumeur à propos du journal, s'éteindrait en même temps que les proches du poète.

Sous certains aspects, elle ressemblait à Cao Cao, le fondateur de l'empire Wei, un dictateur brillant et plein de ressources, reconnu à titre posthume comme le premier empereur Wei, qui avait déclaré sans ambages : « Je préfère causer du tort à tous ceux qui vivent ici-bas plutôt que laisser quiconque me causer du tort à moi. »

D'ailleurs, l'impératrice ne faisait pas entièrement confiance au juge Ti. Il était simplement l'homme le plus apte à lui donner satisfaction, il n'était qu'un moyen d'arriver à ses fins. Rien de plus.

Et ironiquement, cette fois encore, le juge avait accompli sa mission. Après avoir provoqué tant de morts, après avoir récupéré les restes d'un manuscrit brûlé sur un corps qui pouvait être celui de Luo Binwang, l'impératrice serait-elle enfin assez sereine pour s'asseoir sans crainte sur son trône d'or ?

*

Ce soir-là, le juge Ti rédigea un long rapport d'enquête destiné à l'impératrice. Il se garda bien de mentionner le nom de Ning. Il raconta en détails les morts tragiques de Hua, de L'Hirondelle et des deux victimes de l'incendie, sans omettre de décrire la main calcinée qui tenait encore le fragment de texte détruit par les flammes.

Il prenait soin de préciser qu'au milieu de cette scène cauchemardesque, si l'on pouvait deviner le sens des caractères encore visibles, il en demeurait incertain. Il ne livrait pas de conclusion quant à l'identité des deux corps, mais émettait plusieurs hypothèses. Libre à l'impératrice de choisir celle qui lui convenait.

Il lui faisait part aussi de ses soupçons, de son impression d'avoir été suivi par des « ombres » maléfiques, responsables des malheurs qui s'étaient abattus sur sa route.

Je ne les ai pas tués, mais hélas ils sont morts à cause de moi – à cause de cette enquête. Je me sens coupable, partiellement responsable et j'en suis très affecté.

À la fin, il plaidait sa cause avec emphase :

Avant de quitter la capitale pour obéir aux ordres de Votre Majesté, je savais déjà que ma santé déclinait. En plus de la fatigue du voyage, lors de mon entretien avec la petite pêcheuse sur la rivière, j'ai été à la fois trempé et profondément ébranlé. Le lendemain, en route vers le temple Dingguo, je suis tombé malade. Affaibli, flétri comme une feuille d'automne prête à tomber, il m'a fallu plusieurs jours pour retrouver l'énergie de me déplacer. Je prie donc Votre Majesté de m'accorder une dernière faveur. Laissez-moi rentrer à la capitale le temps d'y retrouver la santé. Ensuite, je continuerai à vous servir avec toutes les forces qu'il me reste, avec le dévouement d'un chien fidèle et l'acharnement d'un cheval.

Épilogue

Dans l'armée

Redevable à jamais envers son seigneur,
toute l'armée redouble de courage.
Le soleil brille avec force
sur les lances à doubles tranchants
du champ de bataille, les étoiles semblent
graver des motifs sur les lames.
Nos arcs tendus encadrent
la lune de l'empire Han,
nos coursiers grondent comme le tonnerre
en piétinant les terres barbares
dans des nuages de poussière.
Sans nous soucier de notre sort,
nous irons volontiers sacrifier nos vies
en échange des immenses faveurs de notre seigneur.

Luo Binwang

Le lendemain matin, à la grande surprise des moines et de l'abbé qui tentèrent par tous les moyens de le retenir, le juge Ti quitta le temple.

Yang restait debout, silencieux, à côté de son maître. Il avait appris à ne plus s'étonner de ses décisions soudaines.

Certains moines plus âgés étaient au courant du rôle que le magistrat jouait dans les luttes de pouvoir féroces qui se déroulaient au sommet de la Cité Interdite.

Sans autre forme de procès, provisions et jus de fruits fraîchement pressés furent déposés dans la voiture de coche.

Toujours muet, Yang prit place à l'avant, hocha la tête et fit claquer son fouet d'un geste maîtrisé. Pendant que le coche commençait à rouler, le juge Ti gardait aussi le silence. Il ne lui semblait pas utile d'informer son serviteur de ses réflexions de la veille.

Il était encore dérouté par les images qui lui étaient apparues en rêve et dans la forêt. Sa conversation fantasmée avec le poète se superposait avec la scène de l'homme entouré d'enfants au bord du ruisseau. Les frontières entre l'illusion et la réalité, entre la fantaisie et la logique se brouillaient. Le monde des apparences devenait de plus en plus fou. Pour l'instant, il avait simplement envie de se laisser bercer par le balancement de la voiture et de bannir de son esprit surchargé toutes les pensées relatives au monde de la poussière rouge.

Sa tentative de méditation se solda par un échec. Comme disait le proverbe bouddhiste, les apparences naissaient d'un cœur confus. Le sien était encore agité et tremblant. Il allait devoir trouver un autre moyen de l'apaiser.

Plus tôt dans son enquête, il avait relu les préceptes taoïstes du *Tao Te King* de Lao-Tseu. « Ne rien faire, c'est tout faire. » Selon sa propre interprétation, « ne rien faire » signifiait qu'il ne servait à rien de se démener pour accomplir quelque chose dans un but fixé à l'avance.

Sur le chemin du retour, les deux compagnons s'arrêtèrent pour déjeuner au bord d'un lac. Ils dégustèrent les petits pains vapeur fourrés aux légumes que les moines du temple avaient glissés pour eux dans un panier de rotin.

Un loriot gazouillait non loin, dissimulé par le feuillage des arbres. Alors que le juge Ti balayait des yeux le décor, son regard se posa sur une rangée de monticules de terre fraîche érigés à la hâte devant lesquels avaient été plantées des tablettes de bois badigeonnées de peinture blanche. On aurait dit des tombes de fortune pour des morts démunis.

Étaient-ce les sépultures de la femme de chambre, de l'herboriste, de la pêcheuse ou des deux inconnus du temple, dont l'un était peut-être le célèbre Luo Binwang ?

La coïncidence était peu probable, se dit le juge. Selon le *Sūtra du diamant*, le vide immense n'est rempli que d'apparences, se rappela-t-il encore. Au bout du compte, tout ce qu'il savait c'était qu'il ne savait rien.

La brise fit frémir les longues branches des saules. Une oie blanche sortie de nulle part glissait à présent paisiblement sur les eaux sombres du lac. Le juge la regarda longtemps, fasciné.

Après des jours passés en compagnie d'amateurs de poésies et de poèmes, il fut pris d'une envie irrépressible d'écrire à son tour, de composer une sorte de couplet en conclusion de son enquête. Les vers s'enchaînaient déjà dans sa tête :

À une oie

De l'autre côté du pont de la dynastie Han,
sous la lune de la dynastie Tang,
nous nous séparons, comme

la fleur de prunier se déplie
sur un éventail de papier, comme
l'horizon s'efface sous l'aile d'un corbeau noir
alors que les herbes se balancent,
sans crier gare, au son d'un air nouveau.
Des bulles d'insectes
éclatent sur les eaux vertes.

Ce poème mélancolique ne ressemblait à aucun de ceux que le juge Ti avait écrits jusqu'alors ; c'était une sorte d'adieu à l'oie et à ceux qu'il avait rencontrés au cours de son voyage, aux morts sur les tombes fraîches desquels poussaient déjà des herbes folles. Morose, le juge Ti se dit que ce bref élan d'inspiration sincère appartenait déjà au passé.

Il poussa un profond soupir et, inconsolable, se remit à contempler les eaux lisses.

Postface

Ce roman s'inspire d'une révolte importante dans l'histoire de la dynastie Tang. En 684, alors que l'impératrice douairière Wu venait de déposer son propre fils, l'empereur Zhongsong, et de renvoyer tous les fonctionnaires loyaux envers ce dernier, le général Xu Jingye, se sentant menacé par le pouvoir grandissant de celle qu'il considérait comme une usurpatrice, décida de prendre les armes. Parmi les rebelles menés par le général, se trouvait Luo Binwang, poète de renom et fonctionnaire de l'empire, qui s'était déjà opposé à l'impératrice à la mort de l'empereur Gaozong. Luo écrivit alors son célèbre *Appel aux armes* qui convainquit des milliers de citoyens de rejoindre la révolte.

L'armée rebelle fut écrasée et on dit que Luo périt dans la bataille, mais plusieurs historiens ont écrit plus tard qu'il avait disparu et que son sort était resté incertain. D'autres affirment qu'il fut exécuté par l'impératrice. Aujourd'hui encore, ce mystère reste irrésolu.

L'Appel aux armes est un classique de la littérature chinoise, considéré comme un chef-d'œuvre du genre. Avant l'avènement du communisme, il était lu dans toutes les écoles de Chine.

Cette femme méprisable nommée Wu, usurpatrice du trône du grand empire Tang, est le mal incarné. De basse extraction, elle a d'abord été dame du palais et profité de façon éhontée de sa proximité avec l'empereur Taizong. À la mort de l'empereur, sans aucun sens moral et sans le moindre respect pour les faveurs dont le souverain défunt l'avait inondée, elle a tissé des liens secrets avec le prince héritier sur le point d'être couronné. Ainsi, elle s'est assuré les faveurs exclusives du nouvel empereur. Craignant d'être la cible des jalousies de toutes les femmes du palais, elle est devenue coquette, hargneuse, vindicative, comme une renarde noire. Elle a calomnié ses rivales, avec une flatterie rusée et des talents pervers, elle a trompé le souverain. Usant de son pouvoir de séduction, elle l'a convaincu de la nommer impératrice et de lui accorder tous les pouvoirs, l'enfermant ainsi dans une relation incestueuse répugnante.

Dotée d'un cœur de serpent venimeux et d'une nature de loup, elle a réuni autour d'elle une horde d'êtres pernicieux qui ont commencé à persécuter la famille royale et l'aristocratie, tuant les membres de la famille Li, fomentant des complots contre les princes, allant jusqu'à empoisonner l'ancienne impératrice Wang, femme de l'empereur Gaozong. Wu est à la fois haïe des dieux et des hommes. Ni le Ciel, ni la Terre ne peuvent la tolérer. Dévorée par une ambition sans limite, elle veut régner en maîtresse absolue sur l'empire. Alors que le prince héritier était retenu prisonnier au palais, ses proches et tous les chiens prêts à lécher les bottes de sa lignée illégitime ont été nommés à tous les postes importants de l'empire.

Hélas, les premiers ministres méritants, à l'image du célèbre Huo Guang de la dynastie Han, n'existent plus, et les puissantes familles, comme celle de Liu Zhang se sont éteintes. Quand la chanson populaire « Les hirondelles picorent les princes » s'est mise à résonner dans le pays, les gens ont su que la dynastie Han touchait à sa fin. Quand un dragon maléfique s'est mis à baver autour du palais, il est devenu clair que la dynastie Jin était sur le déclin.

Moi, le général Xu Jingye, sujet loyal et dévoué à l'empire Tang, qui ai longtemps profité de ses bienfaits, fils aîné d'une noble famille, j'ai toujours suivi les sages préceptes de notre empereur défunt. Dans des temps plus anciens, Weizi, souverain de la dynastie Song, n'avait pas tort de se lamenter devant la chute de son royaume et le philosophe Huan Tan avait raison de pleurer la perte de son titre quand l'usurpateur est monté sur le trône.

Brûlant d'indignation, je suis déterminé à me battre pour la stabilité du grand empire Tang. Voyant la déception générale suscitée par le règne de celle qui siège aujourd'hui sur le trône sacré et grâce au soutien chaleureux que je reçois des quatre coins de notre immense territoire, je lève haut l'étendard de la justice. Et je jure d'éradiquer les maux qui rongent notre empire.

Depuis la Montagne des Nuages au sud jusqu'aux Trois Rivières au nord, des rangs entiers de chars et de coursiers en armures de fer se déploient jusqu'à l'horizon. Le maïs déborde des granges de la région de Hailing et les grains qui fermentent rougissent déjà ; nos réserves sont inépuisables. Alors que nos bannières flottent fièrement le long de la grande rivière, comment ne pas croire que le jour est proche où la grandeur de l'empire sera enfin restaurée ? Des étalons hennissent dans le vent du Nord et l'éclat des épées brille jusqu'aux étoiles. Les cris de nos soldats font trembler les montagnes et pâlir les cieux. Avec de telles forces, comment ne pas vaincre nos ennemis ? Armés d'un tel courage, quelles villes ne pourrions-nous pas prendre ?

Vous tous, nobles sujets qui avez profité de la gloire et des faveurs de l'empire Tang pendant des générations, membres des familles royales, hauts-fonctionnaires qui avez promis de respecter les volontés de l'empereur défunt, vous qui entendez encore ses mots résonner à vos oreilles, comment oseriez-vous manquer à votre loyauté ? Hélas, la terre de sa tombe n'est pas encore sèche que le jeune prince est déjà exilé, loin de tous.

Vous pouvez cependant retourner la situation, honorer comme il se doit notre empereur en servant fidèlement son héritier et en unissant vos forces afin de préserver la lignée de la famille Li. Ainsi, aussi longtemps que coulera le Fleuve jaune et que se dressera le mont Taishan, les privilèges et les richesses pleuvront sur vous du trône. Si vous flanchez, si vous hésitez au moment décisif, si vous refusez de voir les signes qui crèvent les yeux, à la fin, vous serez sévèrement punis.

La situation est claire : Entre les mains de qui est le monde aujourd'hui ? Cet appel aux armes sera distribué dans toutes les provinces et comtés de l'empire, afin que le peuple entier soit averti.

*

L'impératrice Wu Zetian était aussi poète à ses heures. Voici deux poèmes qui lui sont attribués.

La jupe de promenade écarlate

En pleurs tu me manques jour
et nuit, dévastée, hors de moi,
je confonds le rouge et le vert –
« Quelle vision ! » Tu sors du coffre
ma jupe de promenade écarlate
pour y compter les traces de mes larmes.

Inscription sur la robe de Ti Jen Tsié

Incorruptible pilier de l'Empire,
travailleur appliqué, diligent,
digne occupant de votre poste élevé,
vous servirez éternellement d'exemple,
à tous vos compatriotes.

Pour les fonctionnaires Tang, c'était un grand honneur de recevoir une robe des mains de l'impératrice, encore plus si celle-ci portait une inscription personnelle. Le juge Ti (Ti Jen Tsié) eut droit à cette immense faveur. On dit qu'à sa mort, l'impératrice a éclaté en sanglots et déclaré tristement : « Regardez la cour à présent, si vide, si désolée ! » Plus tard, quand elle était confrontée à un problème délicat, elle s'exclamait : « Pourquoi le Ciel m'a-t-il privée de mon ministre avisé ? »

Le juge Ti n'a laissé derrière lui qu'un poème médiocre, plein de flatterie, en réponse à l'impératrice. Il ne m'a pas semblé bon de l'insérer ici.

Qiu Xiaolong

Références bibliographiques

Tous les poèmes qui figurent dans le texte et en tête des chapitres ont été écrits sous la dynastie Tang, dont un certain nombre par les « Quatre Parangons » : Luo Binwang, Yang Jiong, Wang Bo et Lu Zhaolin, qui ont vécu à peu près à la même période.

Ils ont été traduits par Adélaïde Pralon, exceptés ceux des chapitres figurant ci-dessous :

p. 17 : *Ombres de Chine : douze poètes de la dynastie Tang*, trad. André Marcowicz, Inculte, 2015.

p. 32 : poème de Du Qiu : *Vacances du pouvoir, poèmes des Tang*, trad. Paul Jacob, Gallimard, 1983.

p. 43 : *Ombres de Chine : douze poètes de la dynastie Tang*, trad. André Marcowicz, Inculte, 2015.

p. 53 : « Visite à un ami sans le trouver », traduit du chinois par François Cheng in *L'Écriture poétique chinoise*, éditions du Seuil, 1982.

p. 54 : Poème de Han Shan : Han Shan, *108 poèmes*, trad. Wingfun Chen et Hervé Collet, Moundarren, 1985.

p. 61 : *Neige sur la montagne du lotus, Chants et vers de la Chine ancienne*, trad. Ferdinand Stočes, Picquier poche, 2006.

p. 69 : *Vacances du pouvoir, poèmes des Tang*, trad. Paul Jacob, Gallimard, 1983.

p. 85 : *Soûtra du Diamant et autres soûtras de la Voie médiane*, anonyme, trad. Philippe Cornu et Patrick Carré, Fayard, 2001.

Achevé d'imprimer sur Roto-Page en septembre 2024
par l'Imprimerie Floch à Mayenne
N° d'impression : 105549
Dépôt légal : octobre 2024

Imprimé en France